Für Yva, Elodie und Aeneas

Family isn’t a word … it’s a sentence.

Wes Anderson

Jeder bekommt seine Kindheit über den Kopf
gestülpt wie einen Eimer.

Heimito von Doderer

Die Melancholie ist ein sehr schöner Zustand.
Ich verfalle ihr sehr leicht und sehr gern.

Thomas Bernhard

1

»Oooh«, sagte mein Vater mit seiner warmen, sanften Stimme, sehr gedehnt, sodass es fast klang wie »uuuh« oder »huuuh«, »meine Ärmste, warum bist du nur immer so traurig? Nicht traurig sein, bitte.« Ich schaute finster, unbeeindruckt von den gutturalen Lauten, die mich offenbar trösten sollten.

»Das weißt du ganz genau! Warum hast du mir das angetan? Was hast du dir dabei nur gedacht?« Ich konnte wie immer nicht genug bekommen von diesen Fragen.

»Oh, huuuh«, sagte mein Vater wieder, als imitiere er mein Weinen oder als nehme er es vorweg, »das konnte ich doch nicht wissen.«

»Was du immer alles nicht wissen kannst! Hör endlich auf, so infantil zu sein, Papa.«

Es war der 3. Februar, früher Abend, Dämmerung, heftiger Regen. In wenigen Minuten würde ein Angestellter des Sicherheitsdienstes, der sich nicht darum scherte, ob noch jemand innerhalb der Mauern war, von außen das Tor abschließen. Wenn ich es bis dahin nicht geschafft hatte, würde ich über die Mauer klettern müssen, was allerdings einen Grad an körperlicher Fitness voraussetzte, über den ich nicht verfügte. Ich musste mich also beeilen. Mit klammen Fingern riss ich das dünne, feuchte Papier weg und wickelte die hellen Rosen aus. Weil sie im Laden immer viel zu lang waren, hatte ich eine Gartenschere in meiner Handtasche, mit der ich die Stiele kürzte. Ich steckte die Rosen in die dunkelgrüne Vase.

»Hier, siehst du«, sagte ich immer noch gereizt, »du bist hier der Einzige, der zu dieser Jahreszeit so viele frische Blumen bekommt.«

Mein Vater schwieg, vermutlich beleidigt wegen des Infantilitätsvorwurfs, überhaupt wegen all der Vorwürfe, die ich ihm immer schon machte.

Ich sprach nur mit ihm, wenn wir allein waren, was gar nicht so häufig vorkam, denn oft war meine Mutter dabei, die auf dem Weg immer an meinem Arm hing »wie ein Schluck Wasser«, wie man in ihrer Geburtsstadt Kassel sagte, meine Mutter, die quasi über Nacht instant-vergreiste ehemalige Berufsjugendliche, die komplexeste Person, die ich kenne, und zugleich die anstrengendste, wahrscheinlich auch die komplexeste und anstrengendste Person, die viele andere Menschen kennen.

Eigentlich wollte sie meistens nicht zum Friedhof, weil sie den Anblick immer noch nicht ertragen konnte, aber die Tatsache, dass sie etwas nicht wollte, war für sie schon immer der beste Grund, es erst recht zu tun. Negativität ist der Norden auf ihrem Kompass, das Einzige, worauf sie sich wirklich verlässt.

Auf dem Weg zerrte ich sie immer etwas unsanft über die stark befahrene Chausseestraße, denn wenn man sie nicht am Arm oder an der Hand anfasste, konnte es passieren, dass sie mitten auf der Fahrbahn vor einem viel zu schnell herannahenden Auto einfach stehen blieb wie ein Reh im Lichtschein, ungläubig schauend, eins der vielen wunderlichen Dinge, die sie sich in den letzten Monaten überraschend angewöhnt hatte. Auf dem Friedhofsgelände angekommen, musste ich sie nicht mehr so ziehen, wir gingen an der Kapelle und dem Mausoleum der Familie *Stargardt* vorbei, am Erbbegräbnis der *Rossecks* und passierten die naturalistische Luther-Statue, meine Mutter murmelte etwas verwaschen die Worte »hässlicher« und »Kerl«.

Links hinter einer kleinen Hecke, mein Vater. Meine Mutter verlor die Fassung, aber nicht so, wie ich es von ihr gewohnt war, hysterisch und sich ihrer Sache ganz sicher, sondern auf beunruhigende Weise stumm.

Es kam mir so vor, als arbeitete sie seit einer Weile gewissenhaft den imaginären Katalog von Verhaltensweisen schockgealterter Menschen ab. Hinter jedem Punkt auf der Checkliste plötzlich ein Haken.

Dabei hatte meine Mutter das biologische Phänomen des Alterns nie einfach nur als Lauf der Dinge betrachtet, als nicht zu ändernde Tatsache, zu deren Linderung das Erwachsenenleben jegliche Art von Ablenkung und Sedierung bot, es war für sie eine bodenlose Ungeheuerlichkeit, etwas durch und durch Inakzeptables, ein Grauen, für das es im Grunde keine Worte gab (obwohl meine Mutter oft mit mir davon sprach; dass sie ein sogenanntes »Zeitproblem« hatte, wusste ich schon im Kindergartenalter).

Natürlich ist jedes Leben ein Kampf gegen die Zeit, aber meine Mutter hatte sich immer mit einer Wucht gegen die Vergänglichkeit gestemmt, mit einer Verzweiflung, die ich von niemandem sonst kannte. Auch die größten Melancholiker arrangierten sich irgendwann, fühlten plötzlich eine gewisse Reife in sich aufsteigen, fanden im Wechsel der Jahreszeiten Trost. Solche Leute waren für meine Mutter nur rückgratlose Verräter. Mit einer Kategorie wie der Zeit konnte es keinen Frieden geben. Meine Mutter versuchte, der Zeit aus dem Weg zu gehen, sie zu ignorieren. Ich erinnere mich an ihre Geburtstage, als ich noch ziemlich klein war und meine Mutter noch ganz jung, der 9. Januar war schon damals immer ein besonders düsterer Tag, meine Eltern und ich brachten ihn irgendwie hinter uns, Glückwünsche Außenstehender hatte sich meine Mutter schon vorher weitestgehend verbeten, Gäste gab es nicht. Am nächsten Tag tat meine Mutter, als wäre nichts gewesen.

Sie war gut geeignet für diese Taktik, sie hatte immer schon viel jünger ausgesehen, als sie war, mindestens zehn Jahre, sie hatte von ihren Eltern eine gute Hautbeschaffenheit geerbt, und je älter sie wurde, desto mehr schien sich der Abstand zwischen ihrem tatsächlichen und ihrem Schätzalter zu vergrößern.

Aber plötzlich hatte offenbar das Alter nun doch zugeschlagen, ausgerechnet bei ihr.

Da waren die auf der Hand liegenden Dinge, die Physiognomie und Haltung betrafen, der gebeugte Rücken und das abwechselnde Schlurfen und Trippeln, überhaupt die Langsamkeit sämtlicher Bewegungsabläufe. Manchmal sah ich sie, an einem verabredeten Ort wartend, von weit her auf mich zukommen, immer noch modisch und elegant gekleidet, wie ich schon aus der Ferne sehen konnte. So schlimm konnte es ja nicht sein, dachte ich dann, solange ihre Modeleidenschaft also noch intakt war. Aber dann stand ich, schaute ihr entgegen und wartete, winkte ihr vielleicht schon zu, doch der Abstand zwischen uns verringerte sich ja gar nicht, es sah aus, als ginge sie rückwärts oder zumindest auf der Stelle. So alt ist sie dann ja auch wieder nicht, dachte ich, wenn ich meine Mutter betrachtete wie eine Fata Morgana. Aber eigentlich hatte ich das schon immer getan. Ich hatte meinen Eltern schon mein ganzes Leben lang zugeschaut, aus nächster Nähe oder von etwas größerer Entfernung, ich hatte mich immerzu gewundert und versucht, mir einen Reim auf die beiden Menschen zu machen, die ich am längsten kannte und die mir trotzdem immer rätselhafter wurden.

Mit dem Tod meines Vaters war meine Mutter in ein Vakuum gefallen. Die Wohnung, in der sie nun allein lebte, war wie eine Blackbox – unberechenbar, was darin in meiner Abwesenheit geschah. Voll von Überraschungen, wenn ich sie besuchte. Dazu all die kleinen Unfälle. An ihren schlechten Tagen konnte man die Teppiche gar nicht so schnell einrollen und wegschaffen, wie meine Mutter plötzlich über sie stolperte. Keine Möbelkante, an der sie sich nicht irgendwann stieß. Vor Kurzem hatte sie mir die Tür mit einem ganz frischen Veilchen um ihr Auge geöffnet, so etwas hatte ich in natura noch nie gesehen, die Haut perfekt blau-lila, als sei sie nachts in eine Schlägerei verwickelt worden. Ich rang um Fassung. Wenn ich zu ungehalten fragte, würde sie sofort anfangen zu weinen, und ich würde nichts Substanzielles über den Unglückshergang erfahren.

»Was hast du denn da an deinem Auge?«, fragte ich daher möglichst beiläufig.

»Ich habe mich gestoßen.«

»Gestoßen?«

Normalerweise wiederholte ich nicht auf so stupide Art Zusammenhänge, die mir gerade erst mitgeteilt worden waren.

»Gestoßen? Wo denn?«

»An der Bettkante, die ist doch so scharf.«

»Aber wie kommst du denn überhaupt mit deinem Gesicht auf diese Höhe? War dir schwindelig?«

Fragen wie diese waren, das wusste ich eigentlich, zwecklos, und nicht nur das, sogar schädlich, sie brachten immer noch mehr beunruhigende Details ans Licht, die ein noch beklemmenderes Bild der Situation ergaben.

Außerdem all das, was meine Mutter nicht nur nicht mehr wollte, sondern einfach ohne Erklärung oder Vorankündigung nicht mehr tat. Dazu gehörten: den Briefkasten öffnen, natürlich nur konsequent, denn sie hätte ihre Post ja sowieso nicht gelesen, außerdem: Nahrungsmittel erhitzen. Kurz nach dem Tod meines Vaters hatte sie sich noch manchmal Nudelgerichte gekocht, später dann wenigstens Dosensuppen warm gemacht, inzwischen aber ernährte sie sich fast ausschließlich von Zwieback, Knäckebrot und Cornflakes, wenn man ihr nicht eine warme Mahlzeit brachte und sicherging, dass sie sie sofort aß.

Und schließlich ihre fast provokative Vergesslichkeit. Meine Freundin Terese nannte sie grundsätzlich nicht mehr beim Namen. Wenn wir von ihr sprachen, sagte sie nur noch: »Die kleine Blonde mit dem irren Hund – wie heißt sie noch gleich?«

Auch die Tatsache, dass ihre Eltern, meine Großeltern, schon vor vielen Jahren gestorben waren, schien meiner Mutter an manchen Tagen zu entfallen, an anderen Tagen wiederum hielt sie den Tod ihrer Eltern für einen kompletten Skandal. »Dass ich keine Eltern mehr habe, das ist nicht zu glauben, zuerst dein Vater und dann auch noch meine Eltern!« Ich versuchte dann meistens, ihr beizubringen, dass ihre Eltern, lebten sie noch, inzwischen weit über hundert Jahre alt wären, »vermutlich auch kein Spaß, so eine Existenz im Alter von hundertzehn«. Meine Mutter schaute dann nur irritiert.

Aber trotzdem nahm ich ihr das alles nicht richtig ab. Egal wie sehr meine Mutter ihr Greisinnentum vorantrieb, ihre hellblauen Augen verrieten sie. Ihr Blick war an manchen Tagen so hellwach, so direkt, dass ihr neues Verhalten eigentlich nur als Scharade auffliegen konnte. War sie nicht schon als Gymnasiastin für ihr großes Schauspieltalent gelobt worden? Ich kannte aus den Fotoalben meiner Großeltern die Bilder von all den Schulaufführungen, in denen meine Mutter ausnahmslos die Hauptrolle gespielt hatte. Mit diesem Talent hatte sie später nichts weiter angefangen, aber es musste doch noch in ihr sein. War meine Mutter eine raffinierte Altersdarstellerin, die eine besonders suggestive Form des Method Acting praktizierte, die mir erst jahrzehntelang die junge Frau vorgespielt hatte, um dann ad hoc in die Rolle der steinalten zu schlüpfen? Aus einer gewissen künstlerischen Eitelkeit heraus, um zu zeigen, was sie noch alles im Repertoire hatte? Oder aus Trotz?

Man kann schauspielen und es trotzdem todernst meinen. Aber wenn meine Mutter eine Schauspielerin ist, welchen Part hatte dann mein Vater, solange er noch lebte?

An manchen Theatern gibt es ja den Typus des hypercharismatischen Vollblutschauspielers, eine Art absolutes Theaterwesen, dessen Auftauchen auf der Bühne sofort alles verändert, es ist, als wäre eine zusätzliche Energiequelle angeknipst worden. Schwer zu sagen, was an diesem absoluten Theaterwesen das Entscheidende ist – seine Selbstverständlichkeit, seine Rigorosität, seine Bereitschaft, die eigene Lächerlichkeit zu riskieren? Die anderen Schauspieler auf der Bühne jedenfalls scheinen durch seine Präsenz verdammt zu geringerer Interessantheit, obwohl sie doch auch professionell ausgebildet, ihre Stimmen geschmeidig und ihre Bewegungen präzise sind. Aber selbstverständlich braucht das absolute Theaterwesen das Ensemble, es braucht die anderen Schauspieler, es ist nichts ohne sie. So war auch mein Vater das perfekte Gegenüber für meine Lars-

Eidinger-Mutter. Dass er nicht mehr da ist, hat ihr Leben für immer aus der Balance gebracht. Deshalb kann sie sich auch von seinem Tod niemals erholen und erst recht nicht den Friedhof ertragen.

Erst neulich ist mir klar geworden, dass meine Eltern damals, in diesem Herbst vor mehr als zehn Jahren, als sie sich in eine Lage manövriert hatten, die sie zwang, unser altes Haus aufzugeben, und deren Folge eine Art universeller Kampf war – miteinander, mit dem Haus und mit dem Leben, das sie darin geführt hatten –, zum letzten Mal wirklich in ihrem Element waren und seltsamerweise zum letzten Mal ganz sie selbst.

2

Denn nur wenige Wochen, bevor sie endgültig aus dem HAUS ausziehen sollten, auch genannt das »Scheißhaus« oder die »Bruchbude« oder – etwas zivilisierter – »dieses idiotische Unglückshaus«, das Haus also, in das wir gezogen waren, als ich bereits vierzehn Jahre alt war, das einzige, das wir selbst »gebaut« hatten, mein »Elternhaus« also, an das meine Mutter mit Reinigungs- und Instandhaltungsarbeiten die besten Jahre ihres Lebens verschwendet hatte, dessen Bewohnen, wenn man ihr glaubte, dennoch fast unmöglich geworden war, das Haus, in dem meine Eltern zuletzt nur noch in einem Zeitkontinuum existierten, das von der Behebung des einen Wasserschadens bis zur Entdeckung des nächsten reichte, bevor sie dieses Haus also für immer verließen, um in eine Wohnung zu ziehen, ein Vorhaben, über das sie seit mindestens fünfzehn Jahren immer wieder gesprochen hatten, ohne es zu wagen, standen meine Eltern am Rande dessen, was Zeitungen oft mit einer gewissen Nonchalance als »Familientragödie« bezeichnen.

Als träfen Familientragödien aus heiterem Himmel und gänzlich unberechenbar ein, sodass Verwandte und Nachbarn anschließend grenzenloses Überraschtsein heucheln und etwas von »völlig unauffällig« und »Bilderbuchfamilie« faseln können, während die Polizei über »familieninterne Schwierigkeiten« spekuliert. Aber im Fall meiner Eltern wäre das etwas anders gewesen, die eilig herbeigerufenen und unter Schock stehenden Nachbarn, die selbst nach mehr als zwanzig Jahren meine Eltern kaum kannten, ebenso wenig meine Eltern sie, hätten nur die oberflächlichsten Beobachtungen schildern können. Sie hätten vermutlich zu Protokoll gegeben, meine Eltern seien ihnen schon immer seltsam vorgekommen. Die Rollläden seien oft erst spät am Tag hochgezogen worden und niemals ganz, manchmal gar nicht, mein Vater sei regelmäßig zu Besorgungsfahrten aufgebrochen, während meine Mutter periodenweise das Haus gar nicht verlassen habe. Sie hätten meinen Eltern vieles zugetraut, aber so etwas dann doch nicht, eher im Gegenteil. Meine Eltern seien immer durch große Zurückhaltung und Diszipliniertheit aufgefallen. Also doch. Niemand denkt gewöhnlich an die unzähligen potenziellen Mordwerkzeuge, die es in jedem Haushalt gibt, all die Messer, Hämmer, Glasaschenbecher und Fitnesshanteln, die ein aufgebrachter und außer Kontrolle geratener Ehepartner eines Tages scheinbar spontan einer neuen Bestimmung zuführt, indem er damit beispielsweise den Schädel des anderen Ehepartners zertrümmert.

Dass angesichts der monströsesten Taten immer die alltägliche Freundlichkeit der in die Tat Verwickelten erwähnt und dass stets behauptet wird, dass es ein Ding der Unmöglichkeit gewesen sei, etwas Derartiges vorauszusehen, deutet auf einen simplen Verdrängungsmechanismus hin. Lässt irgendwo in einer mittleren Großstadt eine Familie ohne Vorwarnung eins ihrer Kinder verhungern, dann wird auf jeden Fall ein Sozialarbeiter zitiert, der die fragliche Familie kürzlich erst stundenlang besucht hat und das verstorbene Kind in tadellosem Zustand vorfand. Wir mögen uns vielleicht für Retter und Unheilverhinderer halten, tatsächlich aber schauen wir den Dingen seelenruhig beim Entgleisen zu.

Die rätselhaften Wasserrohrbrüche waren in dieser Zeit ein Kapitel für sich. Sie ereigneten sich nämlich meist in Abwesenheit meiner Eltern, fast nie, wenn sie zu Hause waren. Verreisten aber meine Eltern auch nur für drei Tage, dann konnten sie sicher sein, bei ihrer Rückkehr unmittelbar nach dem Öffnen der Haustür bereits den leicht fauligen Geruch des von den Raufasertapeten aufgesogenen Wassers zu bemerken, manchmal kam ihnen das Wasser sogar schon im weiß gekachelten Flur entgegen. Die goldenen Ballerinas meiner Mutter, die sie als Hausschuhe benutzte, waren vom Wasser vielleicht sachte angehoben worden und schipperten hintereinander durch die Glastür in Richtung des Wohnzimmers.

Mir kam es damals so vor, als gäbe es zwischen den Wasserleitungen des Hauses, die offenbar kein Klempner mehr flicken konnte, es schaute immer wieder mal einer mit Teleskopkameras in die Leitungen, fand aber nie etwas, und den Gehirnen und Nervensystemen meiner Eltern eine direkte Verbindung, als versuchten die Wasserleitungen etwas zu sagen, mir und allen anderen, es war nur nicht zu verstehen, was genau. Ging ich nur nach meinem Gefühl, nicht nach rationalen Erwägungen (Materialverschleiß, Sabotage, Pfusch am Bau etc.), dann waren die Rohrbrüche natürlich mehr als das, sie waren für mich ein regelrechter Dammbruch, ein Dammbruch, der das fragil gewordene Haus mitsamt meinen unglücklichen Eltern darin wegzuschwemmen drohte.

Auch die Nachricht, dass meine Eltern einander etwas angetan hatten, hätte mich damals nicht überrascht. Im Gegenteil. Täglich, wenn ich aus Berlin in dem sich langsam leerenden Haus anrief, morgens telefonierte ich immer mit meinem Vater, mittags oder abends mit meiner Mutter, um mich feige nach dem Stand der Dinge zu erkundigen, bemerkte ich, wie meine Eltern immer einsilbiger wurden. Bei meinem Vater war das nicht besonders beunruhigend, aber bei meiner Mutter, die immer schon viele Worte brauchte, um Vertrauen in die Welt zu fassen, sowohl gehörte wie gesprochene, ist Sprachlosigkeit seit jeher ein Alarmzeichen gewesen.

Mein Vater hatte sich plötzlich angewöhnt, Fragen nach seinem Befinden nicht mit »gut«, »schlecht« oder »geht so« zu beantworten, sondern mit einem »Danke!«, das jovial wirkte, aber panisch und märtyrerhaft jede weitere Frage verbot.

»Was meinst du denn nur immer mit diesem ›Danke‹?«, fragte ich ungehalten.

»Danke, dass du fragst, mein Schatz!«

»Aber du hast meine Frage gar nicht beantwortet. Wie geht es dir denn wirklich? Wie kommt ihr mit dem Umzug klar?«

Ich wartete, aber mein Vater schwieg.

»Und wie geht es Mama?«

»Das weiß ich nicht, ich habe deine Mutter heute noch nicht gesehen«, sagte mein Vater pseudoheiter.

Meine Mutter lebte schon seit Jahren in einer anderen Zeitzone als mein vor Kurzem pensionierter Vater. Irgendwann, vermutlich gleich nach meinem Abitur, als plötzlich mein Schulalltag nicht mehr existierte und ihr keine Zeiten mehr vorgab, hatte sie angefangen, immer später zu Bett zu gehen, sie konnte ja ohnehin nicht einschlafen. An guten Tagen legte sich meine Mutter gegen drei Uhr morgens hin, nachdem sie die aktuellsten Modezeitschriften durchgesehen, ein paar Tageszeitungen durchgeblättert, eine neue Max-Frisch-Biografie angelesen, ihr Fitnessgerät benutzt, mehrere große Gläser Mineralwasser getrunken, vielleicht eine Kunstpostkarte an jemanden geschrieben, ihr Bad geputzt, ihre Lippenstifte sortiert, eine Schale Müsli gegessen, einen Anruf von ihrer um diese Uhrzeit immer sturzbetrunkenen Freundin Doris widerwillig entgegengenommen, sich dreißig bis vierzig Minuten lang Doris' wegen ihres Alkoholpegels stark redundante Schilderungen von disparaten Fernreisen oder Kasseler Gesellschaftszusammenkünften angehört, ihren Kleiderschrank aufgeräumt, ihren Pony nachgeschnitten beziehungsweise verschnitten und nachdem sie wahrscheinlich eine kurze, aber heftige, durch Stille und Dunkelheit noch verschlimmerte Attacke von akuter Lebenspanik erlitten und vorerst wieder überwunden hatte. An schlechten Tagen ging sie noch sehr viel später zu Bett – und stand am nächsten Morgen entsprechend spät wieder auf.

»Moment, ich schaue mal nach.« Mein Vater ging die Treppe zum Obergeschoss hinauf, das tragbare Festnetztelefon in der Hand, ich hörte aus nächster Nähe das Geräusch seiner Schuhe auf den Stufen. Er hätte aber niemals einfach die Tür zum Zimmer meiner Mutter aufgemacht, er legte sein Ohr an die Tür und lauschte, er hatte das tatsächlich mehrmals in meiner Anwesenheit so getan, eins seiner beiden großen Ohren auf das weiß lackierte Holz gelegt und gelauscht, ob der Fernsehapparat meiner Mutter schon in Betrieb wäre, nur dann würde er vorsichtig die Tür öffnen. Die Fernseher in unserem Haus hatten sich auf beunruhigende Weise vermehrt, inzwischen stand fast in jedem Zimmer ein Gerät, sie waren tagsüber fast immer angeschaltet, auch wenn meistens niemand hinsah. »Höre nichts, sie schläft noch«, sagte mein Vater abschließend. »Versuch es doch später noch einmal.«

Aber ich hätte gar nicht zu Hause anzurufen müssen, um einen Lagebericht zu erbitten, ich wusste ja eigentlich alles, die Einzelheiten waren mir vielleicht unbekannt, aber im Grunde konnte ich meine Eltern vor mir sehen, wie sie in den Zimmern des Hauses saßen oder umhergingen, zu zweit oder jeder für sich, wie sie mit aller Kraft das versuchten, was man »den Alltag meistern« nennt. Es fiel ihnen schwer, nicht weil sie nicht mehr jung waren, sondern weil sie schon immer Extremisten des Lebens waren und daher für Alltägliches nie begabt gewesen sind.

Ich brauchte mir meine Eltern genau genommen also noch nicht einmal vorzustellen, weil ich immer schon alles wusste, auch wenn ich zu meiner eigenen Beruhigung und Entlastung so tat, als wäre ich ahnungslos und als müsste mir erst noch etwas mitgeteilt werden über den Zustand in unserem Haus.

3

Ich wohnte schon seit Langem nicht mehr bei meinen Eltern. Gleich nach dem Abitur hatte ich Kassel verlassen, inzwischen hatte ich schon seit vielen Jahren in Berlin einen Job. Normalerweise wäre ich aber sofort zu meinen Eltern gefahren, um ihnen beizustehen. Wegen jeder Kleinigkeit hatte ich mich früher auf den Weg gemacht, zu Beginn meines Studiums war ich aus Heimweh sogar fast jedes Wochenende nach Hause gefahren, selbst als ich für eine Weile in Amerika studierte, war ich regelmäßig von Boston nach Frankfurt geflogen und hatte dort den Zug nach Kassel genommen. »Wo willst du denn jetzt schon wieder hin?«, fragte meine kalifornische Mitbewohnerin Nancy damals immer, wenn sie mich mit meinem Köfferchen die Treppe herunterkommen sah. »Nur kurz nach Hause, in fünf Tagen bin ich wieder da.« Sie zuckte die Achseln, verrückt, diese Europäer.

Doch diesmal trieb mich nichts nach Kassel, am Telefon simulierte ich bloß eine diffuse Bereitschaft. »Ich könnte kommen und euch beim Packen helfen«, bot ich halbherzig an, eigentlich eine Selbstverständlichkeit. »Auf keinen Fall!«, sagte meine Mutter. Ich war erleichtert. Das Haus stand für einen so umfassenden Leidenskomplex, dass nur ein Idiot hätte glauben können, sein Verlassen wäre im weitesten Sinne geregelt über die Bühne zu bringen. Schon als gerade der erste Stein gelegt worden war, sagte meine Mutter, dass das Haus unser Ruin würde, finanziell sowieso, aber auch ästhetisch wie moralisch. Das Verlassen des Hauses war von meiner Mutter zum ersten Mal kurz nach dem Einzug gefordert worden, genau genommen sogar schon vorher, und von da an fast täglich. Unser Haus, so unauffällig es wirkte, war ein Monstrum. Meine Eltern waren dort mit solcher Bedingungslosigkeit und Entschlossenheit unglücklich, als gehörten wir einer Sekte an, die das Unglücklichsein zum Zeichen ihrer Distinktion gemacht hatte.

Eigentlich ist jede Familie eine Sekte für sich, mit irgendeiner speziellen Idee oder Wahnvorstellung, um die alles kreist, oft naheliegende Dinge wie Status, Macht, Tradition, Prominenz, Vermögen, Schönheit, Talente der Kinder.

»Weißt du, ich komme aus einer Akademikerfamilie, ich bin ja ein richtiges Akademikerkind«, sagt eine Kollegin beim Essen in der Kantine zu mir, während sie mit eleganten Bewegungen Salz über ihren Teller streut, ihre feinen goldenen Armreifen klirren ganz leise dabei, auf ihrer Stirn glänzen ein paar winzige Schweißperlen, vielleicht haben sie mit dem Thema gar nichts zu tun, aber es wirkt, als treibe ihr schon allein das Reden und Nachdenken über ihre Familie den Schweiß ins Gesicht. Sie hat diesen Satz schon mehrmals in der Vergangenheit zu mir gesagt, so als liefere er eine Erklärung, um nicht zu sagen, *die* Erklärung ihres ganzen Handelns, und ich verstehe immer noch nicht genau, was sie damit sagen will und vor allem, welche Konsequenzen ihr Aufwachsen als Akademikerkind für sie hatte, besonders gute oder im Gegenteil seelisch verheerende. Die sonst so flüssigen Sätze meiner Kollegin geraten ins Stocken, sie erzählt etwas von den Lehrstühlen ihres Vaters und ihres Bruders, der Vater sei eine Weile einer der führenden Romanisten außerhalb des romanischen Sprachraums gewesen, ich nicke gefasst, als sei ich mir der Bedeutung und Tragweite dieser Position bewusst, dabei habe ich von kaum etwas weniger Ahnung, sie erwähnt dann kurz ihre eigene Zeit an der Uni als Assistentin irgendjemandes Berühmten, einer Koryphäe auf seinem Gebiet, der Name sagt mir natürlich wieder nichts, sie hält dann plötzlich inne, ihr Gesichtsausdruck abwesend, »ach, lassen wir das, es war einfach nichts für mich, ich konnte es zum Schluss nicht mehr ertragen«. Fest steht, dass die Neigung ihrer Familie zu höherer Bildung und Universitätskarrieren meine Kollegin heftig irritiert.

»Meine Familie gehört seit jeher zu den alteingesessenen Familien von Paderborn, zu den ganz alteingesessenen, verstehst du? Wir haben über die Jahrhunderte mehrmals den Bürgermeister gestellt«, sagt jemand anders, den ich gut kenne, und schaut mich dabei eindringlich an, fast drohend, nach Anerkennung oder Verständnis heischend, oder vielleicht bilde ich mir das bloß ein, aber auch das Gegenteil ist möglich, »ich komme ja aus so kleinen Verhältnissen, so klein, das kannst du dir noch nicht einmal richtig vorstellen«.

Vielleicht gibt es einen Vorfahr, einen Firmengründer oder Lokalpolitiker, auf den man gemeinsam stolz ist und der seine Nachkommen noch Jahrzehnte nach seinem Tod definiert, ohne ihn wüsste man gar nicht, wer genau man eigentlich ist, aber auch ein Ahne, für den man sich miteinander schämt, zum Beispiel ein überzeugter Nazi der ersten Stunde als Großvater, Großonkel oder Urgroßvater kann durch das fortdauernde Erstaunen in der Familie, das er noch zig Jahrzehnte später auslöst, intensivste Gemeinschaft stiften. Die Familie hatte sich eigentlich damit beruhigt, dass der schon lange Verstorbene bloß ein sogenannter Mitläufer gewesen sei, der Mitläufer als milde und letztendlich akzeptable Form des Nazitums, doch dann findet jemand, der vielleicht nach etwas ganz anderem auf der Suche war, vielleicht nach etwas Wertvollem oder zumindest Rührendem, in einer alten Schublade auf einem dieser berühmt-berüchtigten Dachböden, wo sich ja früher oder später immer alles findet, einen Parteiausweis, der schon vor 1933 datiert ist. Großes Staunen. Vielleicht sogar Ärger, weil dieser Schwachkopf, zu dem der Ahne dann sofort nachträglich mutiert, so etwas auch noch aufgehoben hat, anstatt es zeitnah, wie man sagt, zu vernichten. Vor allem aber Ungläubigkeit und Staunen, wiederholte Begutachtung des gefundenen Dokuments. Mehrfaches Lesen des Namens und Datums. Sachverhalt unverändert.

Und genau darum geht es, diese Verwunderung, die Unfähigkeit, Dinge und Vorkommnisse wirklich glauben zu können, dieser nicht abstellbare Kopfschüttel-Reflex, der die Familienmitglieder manchmal über Jahrzehnte nicht verlässt, ist eins der Hauptkennzeichen von Familiensekten. Je fassungsloser uns eine Sache macht, desto mehr verfallen wir ihr. Und auch ich habe nie aufhören können, mich über meine Eltern endlos zu wundern.

Wenn ich dort, wo ich schreibe, aus dem Fenster schaue, und tatsächlich steht der Schreibtisch so nah am Fenster, dass ich mich nur ein wenig vorlehnen muss, um sowohl die Straßenkreuzung als auch den Platz, an dem das Haus steht, ganz im Blick zu haben, sehe ich im nicht endenden Strom der Passanten all die Familiensekten. Der Platz hat einen völlig charakterlos wirkenden Namen, ist nach einem Stadtrat oder Allgemeinheitswohltäter des neunzehnten Jahrhunderts benannt, aber eigentlich heißt er »Es ist nur eine Frage der Zeit«-Platz. Diesen Satz entdeckte ich vor vielen Jahren frühmorgens nach der ersten Nacht in der neuen Wohnung hoch oben und nicht einmal besonders groß in weißer Frakturschrift auf einer schwarz getünchten Brandschutzmauer auf der gegenüberliegenden Seite des Platzes, quasi als Motto über dem gesamten Platz oder wie ein Name, der nur Eingeweihten bekannt ist. Anfangs stand ich immer wieder verwundert am Fenster und schaute auf die Schrift, als handle es sich um eine Botschaft nur für mich. Diesen Satz wirst du jetzt also immer vor Augen haben, dachte ich damals, du kannst ihm nicht mehr entrinnen. Inzwischen ist die Baulücke vor der Brandmauer gefüllt worden, sodass ich die Schrift aus meiner Wohnung nicht mehr sehen kann. Aber natürlich ist sie noch da, und der Satz hat natürlich immer noch seine Richtigkeit, er wurde inzwischen nicht widerlegt, leider.

Obwohl ich im ersten Stock sitze, kommen die Familientrupps, die den »Es ist nur eine Frage der Zeit«-Platz überqueren, dabei meinem Aussichtspunkt so nahe, dass ich den einzelnen Mitgliedern für einen langen Moment ungehindert in die Gesichter sehen kann, manchmal bin ich erschreckt, wie deutlich ihre Züge vor meinen Augen werden, dann schäme ich mich für meinen Voyeurismus. Aber ich kann nicht aufhören, ihnen zuzuschauen, ich werde niemals müde, denn nichts fasziniert mich so wie all die vertrackten Familien. Manche bemühen sich um Dynamik und Haltung, um irgendeine Attitüde. Sie schlendern, spazieren oder eilen, Familien mit mehreren Kindern oder nur mit einem, mit ganz jungen oder halbwüchsigen, begleitet von den Großeltern oder anderen Verwandten; seltener alte Eltern mit auch schon alt gewordenen Kindern; wenn es Touristen sind, nach Zielen und Sehenswürdigkeiten Ausschau haltend. Auf dem Platz gibt es eine Skulptur, vor der viele stehen bleiben, man sieht, dass sie dabei cool sein wollen, offen für die Angebote der Kunst, aber es ist natürlich vergeblich, denn all ihre Bewegungen sind bloß ein innerliches Schleppen, nur mit Mühe halten sie sich aufrecht und verstehen vielleicht gar nicht, warum es ihnen gerade so schlecht geht, welches Gewicht sie da unaufhaltsam nach unten zieht. Ein Ausflug im Kreis der Familie, wie man sagt, was kann daran schon falsch sein, ein Wochenende unter den Leuten, die einen verstehen wie sonst niemand und so nehmen, wie man ist. Doch alle ächzen unter der Last, im Verbund ausgerechnet der Herde, die sie zufällig hervorgebracht oder aufgezogen hat, auch noch draußen herumlaufen zu müssen. Sie sind geschlagen mit Ähnlichkeiten und Merkmalen und kollektiven Verhaltensweisen, zu denen sie nichts können, die jeder Außenstehende mit einem seit Jahrtausenden existierenden Instinkt, beliebige Leute einander zuzuordnen, sofort als auffallende Gemeinsamkeit bemerkt, sie selbst erahnen sie bloß vage und fürchten sich vor ihnen, auch das vage. Sie sind miteinander kompromittiert, was Körperhaltung, Bewegungsablauf oder Physiognomie anbelangt, selbst wenn sie gut aussehend sind.

Und es wäre Quatsch zu glauben, dass die sichtbaren Merkmale die schlimmen sind, es sind noch eher die harmlosen.

Wenn man als Familie irgendwo erscheint, ich habe es immer schon so empfunden, dann ist man ein offenes Buch für die anderen. Diese Existenz als offenes Buch aber empfinde ich seit jeher als demütigend. Die anderen sehen uns plötzlich in dem Kontext, mit dem wir uns im Leben herumzuschlagen haben, sehen uns in der Rolle, die wir unter den eigenen Leuten spielen, wir sind für alle Zeiten unseres Geheimnisses beraubt. Ohne sich groß zu interessieren oder es darauf anzulegen, erfassen uns die anderen, wissen in Sekundenschnelle, mit welcher Art Mensch sie es zu tun haben, ziehen alle möglichen Schlüsse, nur weil sie uns mit unseren Angehörigen sehen, ach so, denken sie, deshalb also ..., ich verstehe.

Sich mit seiner Familie zu zeigen, ist ein fast intimer Akt, etwas, das man vielleicht im Ausland in einem Hotel am Meer riskieren kann, wo man ein einziges Mal hinfährt, wo man gebräunt und in gelöster Stimmung abends zum Essen geht, auf keinen Fall aber ein zweites Mal. Ich konnte noch nie die Leute verstehen, die irgendwo als Familie stolz aufmarschieren, mit der Absicht, ihre schon allein zahlenmäßige Überlegenheit gegenüber den Einsamen oder den Paaren zu demonstrieren, während sie doch in Wahrheit nichts als ihren kollektiven Dachschaden spazieren führen und öffentlich vorzeigen. Und warum jemand zu Weihnachten oder anderen Anlässen dafür extra produzierte Familienporträts verschickt, kann ich mir erst recht nicht erklären, man verteilt ja auch nicht ohne Aufforderung psychiatrische Gutachten der eigenen Person unter den Leuten.

4

In unserer Familiensekte kreiste alles um das Unglück, immer schon. Die Dinge waren schlimm, mit der Tendenz, sich zu verschlimmern, das war die Ausgangslage, der man stets ins Auge zu sehen hatte. Meine Großeltern mütterlicherseits hatten das Unglück zu »ihrer Zeit«, wie sie sagten, schlicht »Pech« genannt, aber Pech nimmt man hin, während man sich gegen Unglück auflehnen kann und muss, auch wenn man nur – wie meine Mutter – dagegen anschreit und anschimpft. »Ich bin vom Unglück verfolgt, wo ich gehe und stehe«, sagte meine Mutter regelmäßig in vollem Ernst, »und das, seit ich denken kann, vielleicht, nein, wahrscheinlich lastet sogar ein Fluch auf mir.« Es blitzte der Stolz einer Person aus ihren Augen, die den täglichen Kampf gegen ein übermächtiges Übel mit einer gewissen Gefasstheit ertrug und gleichzeitig wusste, dass sie auf negative Weise auserwählt war.

Mein Vater hätte nichts dergleichen gesagt, denn pauschale Erklärungen seines Wesens lagen ihm nicht, er gab freiwillig eigentlich überhaupt keine Erklärungen zu seiner seelischen Verfassung ab, er war immer ein tiefes Wasser, eins der tiefsten, das ich kannte, weshalb auch jedes Telefonat mit ihm in jenem Herbst ein Tauziehen war, ein Tauziehen zwischen mir, der routinierten Eltern-Befragerin, und ihm, dem Desinformationskünstler, der Nebelkerzen warf. Die immer gleichen Fragen, die ich ihm stellte (»Wie geht es euch?« »Wie kommt ihr mit dem Umzug voran?«), müssen für ihn ständig aufs Neue ein Tor aufgestoßen haben, hinter dem sich der Abgrund des monströsen, unerträglichen Nicht-Wissens-wie-um-Gottes-Willen verbarg (wie nur sollten sie es auch nur einigermaßen unbeschadet aus diesem Haus schaffen?), weshalb verbal äußerste Gegenwehr angezeigt war. Er hielt also stets in seinem Kopf (vielleicht machte er sich auch vorher Notizen in seiner ordentlichen Schrift, wer weiß) ein Update oder Bulletin für mich bereit, das sich auf eine in einem Teil- oder Mikrobereich des Hauses abspielende Aktivität bezog (Bereiche: Büro Nr. 1, Büro Nr. 2, Wohnzimmer, Geschirrschränke, Garage, Waschküche, Gartenhaus, Werkbank mit Werkzeugen, Einbauschränke mit der umfangreichen Garderobe seiner Berufstätigkeit, Schallplattensammlung, elektrische Geräte aus verschiedenen Jahrzehnten, Schuhregale, Buchregale, Konservenlager etc., Aktivität: verpacken, wegwerfen, verschenken, verlagern, vergessen, abholen lassen).

Fast jeden Tag schloss er seine Ausführungen mit folgendem oder einem ähnlichen Wortlaut: Ich wisse ja nur zu gut, in welch schwieriger Situation meine Mutter und er sich gerade befänden, in einer besonders schlechten Phase, die ihnen einiges abverlange. Er arbeite aber unter Hochdruck daran, dass sie beide diese Situation überwänden.

»Aha«, sagte ich dann und verdrehte die Augen. Die inflationär gebrauchten Worte »Situation« und »Phase« hatten längst angefangen, mich wütend zu machen.

Aber ein paar Tage nach dem gescheiterten Versuch, meine Mutter ans Telefon zu bekommen, erreichte ich meinen Vater in einem weniger gefestigten Zustand. Auch an diesem Tag hatte er wieder in seinem Pressesprecher-Idiom zu referieren begonnen, aber irgendetwas an seiner Stimme klang anders, ich nahm zuerst nur eine ganz feine Irritation wahr, es war ein leichtes Zittern. Oder bildete ich mir das ein?

An diesem Tag jedenfalls hatte gerade eine Küchenbaufirma eine Vorbesichtigung durchgeführt. Der neue Besitzer wolle unsere Einbauküche nicht behalten, wie sonst eigentlich üblich, sagte mein Vater, sie müsse also am Tag des Auszugs »professionell demontiert« werden. Die Besichtigung sei »etwas schwierig« gewesen, da meine Mutter wegen eines akuten Migräneanfalls in der Küche gesessen habe, um den Kamillentee zu trinken, den sie bei Kopfschmerzen immer in großer Menge zu sich nahm.

Ich kannte natürlich die Migräne-Anfälle meiner Mutter gut. Meine Mutter saß dann immer mit ihrem Röhrchen *Thomapyrin* am Küchentisch und hielt es auf eine Weise in den Händen, die man sonst nur bei Selbstmördern in Spielfilmen sah, so als würde sie es gleich öffnen und alle Tabletten auf einmal in den Mund nehmen. Ich konnte mir die Mitarbeiter des Küchenstudios vorstellen, wie sie versuchten, einen möglichst großen Bogen (schwierig, denn die Küche war eher klein) um meine in Momenten des Schmerzes besonders derangiert und gleichzeitig divenhaft wirkende Mutter zu machen, vielleicht trug sie in diesem Moment sogar eine Sonnenbrille, um ihre Augen vor dem hellen Licht der Küchenlampen zu schützen. Die Küchenbauer hatten sicher den Eindruck, sie wohnten einer Performance bei, dabei war das Migräne-Verhalten meiner Mutter selten auf Außenwirkung bedacht, meine Mutter ließ sich dann einfach nur in ihren Schmerz fallen.

Es gibt eine Geschichte aus der frühen Kindheit meiner Mutter, die meine Großeltern nicht müde wurden zu erzählen, obwohl sie kein besonders gutes Licht auf ihre Elternschaft wirft. Im Alter von vier oder fünf Jahren brach sich meine Mutter während eines gemeinsamen Ausflugs das Bein, ohne dass meine Großeltern es merkten. Erst ein Passant musste sie darauf hinweisen, dass das Bein ihres Kindes, das auf dem Fahrradgepäckträger seines Vaters saß, auf unnatürliche Weise herumschlenkerte. »So halten Sie doch endlich an!«, habe der Mann entgeistert gerufen, »das Beinchen, das Beinchen!« Aus irgendeinem Grund hatte meine fünfjährige Mutter keine Reaktion gezeigt, sie ertrug den Schmerz stumm. Auch der Migräne gab sie sich stets hin wie etwas sehr Vertrautem, ihre Schmerzen schienen ihr zu sagen, wer sie war.

Sie habe sich letzte Nacht so wahnsinnig aufgeregt, sagte mein Vater dann, deshalb auch die Migräne-Attacke. Er sei auf dem Weg in die Küche gewesen, um etwas Wasser zu trinken (er schlief damals im Gästezimmer im Erdgeschoss, meine Mutter im Schlafzimmer im ersten Stock), und meine Mutter habe offenbar mitten in der Nacht beschlossen, ein paar Schubladen auszuräumen und alte Kochutensilien wegzuwerfen. Zuerst habe sie gar nichts gesagt, doch dann kam es wie ein lautes Zischen.

»Warum hast du das nur getan? Warum?«

»Was meinst du? Was habe ich denn getan?«

»Warum hast du das Haus verkauft?«

»Aber das hast du doch immer gewollt! Du wolltest doch das Haus über all die Jahre loswerden. Du hast doch von nichts anderem mehr gesprochen. Ich habe doch endlich getan, was du immer wolltest! Und außerdem: Wieso ich? Du warst doch dabei!«

»Du kapierst ja gar nichts!«, habe meine Mutter gerufen. »Überhaupt nichts!« Es sei doch längst für alles zu spät. Und jetzt hätten sie noch nicht einmal mehr das Haus.

Sie sei weinend die Treppe hochgelaufen. Als er am Vormittag nach ihr gesehen habe, habe sie im Bett gelegen, mit Migräne.

»Und jetzt verstehe ich die Welt nicht mehr«, sagte mein Vater leise. »Wie kann denn nur immer ich die Person sein, die alles falsch macht? Selbst dann, wenn ich es endlich einmal richtig machen will.«

Natürlich wisse er, dass meine Mutter ihm die Schuld daran gebe, dass wir damals überhaupt nach Kassel zurückgekehrt seien, aber es sei ja schließlich eine bedeutsame Beförderung gewesen, und soweit er sich erinnere, habe meine Mutter gar nichts groß dagegen gehabt. Nach den schönen Jahren an der Bergstraße sei sie für ihre Verhältnisse fast optimistisch gewesen. Die Leute dort seien so freundlich gewesen, deshalb hätten sie sich sicher gefühlt. Warum sollte es unserer Familie dann woanders, selbst in Kassel, nicht auch gut gehen können, hätten sie beide gedacht.

Betroffener, als mir recht war, verabschiedete ich mich und legte auf. Das Szenario, das in meinem Kopf entstanden war, hätte typischer nicht sein können, ich hatte es in Varianten unzählige Male miterlebt, manchmal als Zuschauerin, manchmal mittendrin. Meine Mutter in dem vorübergehend sprachlosen Zustand nach einem emotionalen Ausbruch, mein Vater überwältigt und entmutigt, ihnen gegenüber der überdimensionale, nicht zu bändigende Feind, das Grundübel, das Unglück.

Das Unglück (oder das stets drohende Unglück) hatte schon während meiner Kindheit dafür gesorgt, dass das tägliche Leben theatralisch und dramatisch war, was aber nicht bedeutete, dass bei uns mehr als bei anderen geschah, vielleicht passierte, im Gegenteil, sogar weniger, aber die Art, wie über die Dinge geredet wurde, zeigte, dass meine Eltern emotional aus einem Paralleluniversum kamen, in dem eine Grundvoraussetzung des Erwachsenseins, nämlich, was auch immer geschehen möge, die Ruhe zu bewahren, sich möglichst wenig zu erregen, nicht die Kontrolle über sein Gefühlsleben zu verlieren, außer Kraft gesetzt war. Besonders meine Mutter betrachtete es als ihr Grundrecht, sich jederzeit grenzenlos zu echauffieren, weshalb auch die Situationen, in die wir gerieten, immer aussichtslos und verkorkst waren, Probleme immer existenziell, Enttäuschungen, über andere Menschen und vor allem über uns selbst, waren bodenlos, alle Chancen verwirkt, Zäsuren mussten daher vollzogen werden. Das Wort »Zäsur« hörte ich bewusst zum ersten Mal im Alter von sieben oder acht Jahren und danach fast ständig (auch der Umzug, der gerade im Gang war, gab natürlich Anlass zu Zäsuren auf verschiedensten Ebenen, wie meine Mutter mehrmals vermeldet hatte), eine Zäsur war selbstverständlich nicht rückgängig zu machen, weshalb jedes normale Leben also in Zukunft undenkbar war. Andererseits, hatten wir denn jemals ein normales Leben geführt, war es uns nicht schon immer durch feindliche Bedingungen und eine besonders schlechte Ausgangsposition unmöglich gewesen? War das normale, das sogenannte anständige Leben denn nicht seit jeher nur eine entfernte Vorstellung gewesen, eine Melodie, deren Teile einem noch im Kopf herumgehen, ohne dass man sie je zusammensetzen konnte? Es liegt auf der Hand, wie anstrengend ein Leben unter solchen Prämissen sein kann. Aber nicht nur das.

Erst allmählich ist mir klar geworden, wie luxuriös und verschwenderisch und wie schön es manchmal war, sein Leben in diesem Negativitätstaumel zu verbringen und sich über all die Unzulänglichkeiten zu mokieren, die eigenen, die der anderen und die des Lebens überhaupt, als hätten wir etwas viel Besseres verdient, als wäre es unser gutes Recht, uns mit dem, was wir hatten, nicht zufriedenzugeben und unsere Zeit mit Unglücklichsein zu vertun, als stünde uns unbegrenzt Zeit zur Verfügung. Während andere Leute ständig Sätze sagten wie »Dafür ist mir meine Zeit zu schade« und gehetzt von Verabredung zu Verabredung, von Termin zu Termin rannten, saßen meine Eltern und ich in irgendwelchen Cafés herum und dachten, während wir Kuchen aßen, darüber nach, wie absolut enttäuschend alles doch war. Wir wollten nicht wie alle anderen das nutzen, was uns blieb, denn darum geht es doch im Leben, um das, was übrig bleibt, es ist ja nie das Ganze, von Anfang an nicht. Wir aber nahmen uns die Freiheit, dieses Übrigbleibende und Mangelhafte zu verschmähen, von Grund auf, es auf uns persönlich beleidigende Weise für zu wenig zu befinden.

Einmal fragte meine Mutter und mich in einer Einkaufspassage ein Verkäufer oder Vertreter, ob wir uns für Wellness interessierten, da hätte er nämlich ein tolles Angebot für uns. »Ob wir uns für Wellness interessieren?«, rief ich. »Wir interessieren uns höchstens für Badness.« Er verstand mein Wortspiel nicht, vielleicht war es ohnehin nicht so witzig, wie ich angenommen hatte, er schaute uns nur erschreckt an und gratulierte sich innerlich wohl dazu, zwei Irrenanstalts-Insassinnen auf Freigang aus der Menge gefischt zu haben, die auch noch eine harmlose, für jedermann erkennbare Verkaufsgesprächsanbahnungsfrage gewissenhaft beantworteten. Wir seien ja so etwas von das Gegenteil von Wellness, das könne er sich gar nicht vorstellen, sagte meine Mutter fast freudig. Und vielleicht ist das der beste Begriff für das, was meine Familie antrieb: Anti-Wellness.

5

Als wir Anfang der Achtzigerjahre von der Bergstraße nach Kassel umzogen, fanden wir jedenfalls ohne Umschweife in die Rolle der unglücklichen Außenseiter. In der süddeutschen Reihenhaussiedlung, in der wir bis dahin gelebt hatten, waren wir eine junge Familie von vielen gewesen. Meine Mutter war auch in Weinheim schon in vieler Hinsicht aparter als andere Mütter, natürlich auch deprimierter von Zeit zu Zeit, was aber gar nicht so auffiel, weil sie ihre beiden besten Freundinnen Ingrid und Helga hatte, die sie retteten, die sie tatsächlich immer auffingen. Mein Vater war auch damals schon etwas ehrgeiziger als andere Väter, vermutlich auch härter arbeitend und besser verdienend, aber zu keinem Zeitpunkt fielen wir aus dem Rahmen, den die Siedlung vorgab, wir touchierten höchstens hin und wieder die Ränder.

Oft werden Orte dieser Art als alles nivellierende Gleichmacherhöllen beschrieben, wo sich die Bewohner ohne Zwang einem eigentlich von ihnen selbst ausgehenden uniformen System unterwerfen, das jedes

Abweichen von der Norm bestraft, und sich insgeheim hinsichtlich Größe der Autos, Ordnungsgrad des Vorgartens und Avanciertheit des Grillgeräts vergleichen. Aber für uns, und vielleicht nur für uns, war es das Paradies, denn manchmal vibrierte das Haus vor Leben, wenn wirklich alle Kinder der Siedlung in unserem Garten spielten, der zwar nicht besonders groß war, aber über eine gute Schaukel verfügte, oder wenn im Januar meine Geburtstagsparty gefeiert wurde, wieder mit Horden von Kindern, oder wenn abends meine Eltern mit ihren Freunden im Wohnzimmer spontan tanzten, die wildeste und ausgelassenste Tänzerin meine Mutter. Es war genau die richtige Mischung aus Nähe zu den anderen und Für-sich-Sein.

In Kassel, besser gesagt in einem Vorort von Kassel, in Baunatal, wo wir zunächst hinzogen, wo alle Väter außer meinem als leitende Angestellte im nahe gelegenen VW-Werk arbeiteten, wo jedes Haus auf seine Weise prätentiös und eigenwillig war, mit seinen Stilelementen die Gesinnung der Bewohner ausdrücken sollte, verloren wir sofort jeden Halt und unsere Orientierung.

Im Nachhinein ist es erstaunlich, wie schnell wir unseren Sehnsuchtsort faktisch aufgegeben haben, nur wenige Male sind wir wieder nach Süddeutschland gefahren, haben wir unsere alten Freunde besucht, aber nicht aus Faulheit oder Desinteresse, eher aus Resignation. Wir glaubten, unsere alten Nachbarn und Freunde hätten uns ohnehin längst vergessen und wären zu beschäftigt, das schöne Leben weiterzuführen, in dem wir sie zurückgelassen hatten. Wir sagten aber weiterhin, noch Jahrzehnte später, Weinheim sei unsere wahre Heimat, im Gegensatz zum fürchterlichen Kassel. Meine Eltern sprachen, wenn sie die Gegend um Weinheim meinten, immer von »da unten« und seufzten.

6

Jeder würde annehmen, dass die größte Veränderung nach unserem Umzug die Landschaft war, der Wechsel vom süßlichen Baden-Württemberg ins raue Nordhessen, doch die Landschaft um Kassel ist gar nicht rau, sie ist im Gegenteil ausgesprochen idyllisch. Dicht bewaldete Hügel, manchmal sogar kleine Berge, die letzten nennenswerten Erhebungen vor dem norddeutschen Flachland, das bald hinter Kassel beginnt. Die Wälder bestehend aus Laubbäumen, im Verhältnis nur wenige Tannen, sodass es darin nie besonders dunkel scheint. Ein Fluss, die unaufgeregte Fulda, schlängelt sich im Tal, bevor sie mit der Werra zur deutlich breiteren Weser wird. Noch heute fahre ich manchmal mit dem Zug durch diese Landschaft und wundere mich darüber, wie malerisch sie doch ist. An der Landschaft lag es also nicht.

Überraschend war etwas anderes: die Sprache und die Art, wie gesprochen wurde. Statt des weichen Singsangs der Bergstraße, den ich gewohnt war, kam die Sprache in Form ungeschlachter Brocken aus den Mündern. Die Leute sagten zu einer harmlosen Sache namens Kuchen »Kuren«, statt nicht »nit«, statt wir »mäh«, »au« statt auch. (Alles in einem Satz: Könn mäh nit au'n Schtück Kuren äss'n?) Warum war mir das nicht schon aufgefallen, als wir von Süddeutschland aus unsere Kasseler Verwandten besuchten, mehrmals im Jahr, als ich manchmal wochenlang in den Schulferien bei meinen Großeltern blieb?

Meine Mutter beharrte darauf, dass die Leute in Kassel nicht nur anders sprächen, sondern auch ganz anders aussähen, natürlich hässlicher als die von Natur aus schönen Süddeutschen. Ich kann mich noch erinnern, wo genau wir unterwegs waren, als sie mir zum ersten Mal ihre Theorie erörterte.

Es war ein Wahlsonntag, ich weiß nicht mehr, wer oder was zur Wahl stand, aber meine Eltern hatten gerade im Rathaus von Baunatal ihre Stimme abgegeben, danach hatten wir im dunklen, nüchtern eingerichteten Rathaus-Restaurant deprimierend schmeckende Dinge gegessen, bedient von unfreundlichen Kellnerinnen, die sich kein Lächeln abringen konnten und nur das Nötigste mit ihren Gästen sprachen. »Das ist dir aber schon klar, dass all das sehr bald auf uns abfärben wird«, sagte meine Mutter scheinbar gelassen. Ich hielt das auch damals – im Alter von zehn Jahren –, als wir gerade unser erstes Kasseler Haus bezogen hatten, für eine gewagte These. Aber ganz sicher war ich mir natürlich nicht. Vor allem gab mir zu denken, dass meine Mutter nicht nur voraussagte, auch wir würden binnen kürzester Zeit so missmutig wie die Kasseler aussehen und sein, sondern vor allem, dass es uns dann eben gar nicht mehr auffallen würde, weil wir in Windeseile von Kassel vereinnahmt würden, sozusagen aufgefressen und zu Kasselern gemacht, denen dann der Blick von außen nicht mehr gegeben war, das war das wirklich Beängstigende. »Du brauchst dir also eigentlich keine Sorgen zu machen, denn wir werden das gar nicht richtig merken. Und vielleicht ist es ja auch besser so.«

Meine Mutter hatte damals gerade mehrere Phasen akuten Heimwehs hinter sich, wie ich natürlich erst in der Retrospektive verstanden habe. Die erste Phase begann unmittelbar nach unserem Umzug im Herbst, sie verbrachte damals einen ganzen Monat, vielleicht sogar länger, mehr oder weniger im Schlafzimmer. Die schweren Verdunklungsgardinen waren, wenn ich von der Straße nach oben sah, wo ich jeden Nachmittag nach der Schule vergeblich auf potenzielle Spielkameraden wartete, immer geschlossen.

In Weinheim war es ein ungeschriebenes Gesetz unter den Kindern gewesen, dass man sich nach Schule, Mittagessen und hastigen Schularbeiten sofort auf die Straße zu begeben hatte, also »raus«, um die anderen zu treffen. Aber hier kam niemand raus, ich sah bloß die Kinder regelmäßig in die Autos ihrer Mütter bzw.

wieder aus ihnen hinaussteigen. Es dauerte trotzdem eine Weile, bis ich begriff, was die nachmittäglich leeren Straßen bedeuteten, nämlich, dass die Idee, draußen mit anderen Kindern zu spielen, für die Kinder gar nicht existierte, dass sie vermutlich ohnehin nicht mehr spielten, und nach und nach ahnte ich auch, dass es hier ebenso wie für mich auch für meine Mutter niemanden geben würde, der bereit wäre, sich mit ihr anzufreunden.

Die zweite Phase wurde davon eingeleitet, dass meine Mutter plötzlich begann – wieder ohne Vorwarnung –, ihr Schlafzimmer zu verlassen, um ständig zum Arzt zu gehen, was mich natürlich noch mehr besorgte, zuerst zu Allgemeinmedizinern, dann zu Experten in den Städtischen Kliniken, jede Woche mehrere längere Termine. »Ich lasse mich mal richtig durchchecken«, sagte sie zu meinem Vater und mir. Erst viel später erzählte sie uns, dass sie alle möglichen irritierenden körperlichen Beschwerden an sich beobachtet habe und fest davon ausging, schwer erkrankt zu sein. Irgendwann, im Anschluss an eine Magenspiegelung, gab es so etwas wie eine Abschlussbesprechung, äußerlich gefasst machte sich meine Mutter morgens auf den Weg zum Krankenhaus. »Und? Was hat der Arzt gesagt?«, fragte ich aufgeregt nach der Schule. Meine Mutter antwortete nicht sofort. »Er hat zu mir gesagt: Sie sind todgesund. Ihnen ist nicht zu helfen.« Geschockt wiederholte ich mir still immer wieder das Wort, das der Arzt für den Zustand meiner Mutter gebraucht hatte. Sie ist danach nie wieder freiwillig zu irgendeinem Arzt gegangen.

Die dritte Phase ihres Heimwehs brachte etwas vollkommen Neues, eine Seite, die ich an ihr nicht gekannt hatte: Sie sagte plötzlich viel extremere Dinge als noch in Weinheim, sie spitzte alles zu, ihr Humor hatte sich verändert.

Aber nicht nur meine Mutter, alles war anders in Kassel. Die sozialen Verhaltensweisen, die ich aus Weinheim kannte, waren in Kassel bedeutungslos, denn die Leute schienen im Kollektiv bis auf wenige Ausnahmen von gravierenden gefühlsmäßigen Beeinträchtigungen betroffen. Sie waren so veranlagt wie meine Großmutter väterlicherseits, die mich in meiner Kindheit fast nie umarmte, die mir nur an hohen Feiertagen einen trockenen Kuss auf die Wange drückte, meine Eltern sagten über sie: »Sie kann keine Herzlichkeit zeigen«, und zwar in einem Ton, als leide sie unter einer unheilbaren Krankheit, interessant fand ich damals immer die Verwendung des Wortes »zeigen«, meine Eltern sagten damit, dass meine Großmutter über die entsprechenden Gefühle zwar verfügte, dass sie aber seltsamerweise nicht nach außen drangen.

Meine neuen Klassenkameraden in der 5. Klasse, in die ich gerade gekommen war, fiel mir auf, hatten ebenfalls einen Tick. Aus unerklärlichen Gründen waren sie von den Berufen ihrer Väter besessen.

Die Mütter waren meistens nicht berufstätig, und wenn, dann offenbar nicht auf eine Weise, die groß erwähnt werden musste, aber die Väter waren, wie ich schnell erfuhr, Chefarzt, Richter, Steuerberater, Werbeagentur-Besitzer, Rechtsanwalt etc. Es war ein feststehendes Ritual, man war zum ersten Mal mit jemandem verabredet und wurde ziemlich direkt über den Beruf des Vaters aufgeklärt. In der Schule, auf die ich zwei Jahre später zur Siebten kam, das gleiche Spiel, dort besaßen die Eltern einiger Kinder sogar eigene Firmenimperien, von denen ständig erzählt wurde. Ich gewöhnte mich daran, täglich die glamourös klingenden Namen von Fabrikbesitzern, Rüstungsfabrikanten, Autohausbetreibern und Erben aller Art zu hören, auf deren Bekanntschaft meine Schulkameraden sehr stolz waren. Aber es kam noch etwas anderes hinzu: Man wurde auch über die weniger angesehenen Berufe der Eltern von Mitschülern informiert, zum Beispiel wurde mir im Ton völliger Herablassung zugeraunt, der Vater dieses einen Jungen sei ja allen Ernstes Straßenbahnschaffner, also echt. Ich kann mich heute an keinen einzigen Beruf der Väter der Weinheimer Nachbarskinder mehr erinnern, und wahrscheinlich habe ich damals tatsächlich nichts darüber gewusst. Vielleicht sagte mal jemand bei irgendeiner Gelegenheit, »mein Vater schafft beim Freudenberg« oder »mein Vater fährt immer nach Ludwigshafen zur BASF«, aber niemand hätte nachgefragt: Ach ja, was genau macht denn dein Vater bei BASF? So etwas hätte einfach niemanden interessiert.

Das Prinzip, dass die Jungen gegen die Alten revoltieren, war in Kassel umgekehrt. Die Alten revoltierten gegen die Jungen. Aber ihre Kinder waren ohnehin billige Beute, sie merkten es nicht einmal. Die Kinder brüsteten sich mit den Verbindungen ihrer Eltern, ihrem gesellschaftlichen Leben. Ich bekam ständig auch die Namen der Klubs und Vereine zu hören, in denen die Eltern meiner Schulkameraden Mitglied waren (der Tennisklub, die Bridge-Runde, die Rotarier, der Lions Club, der Damen Automobil Club, der Oldtimer-Klub etc.). All diese Aktivitäten machten mich natürlich neidisch, weil ich dachte, dass bei derart beschäftigten Eltern die schwere Einsamkeit, unter der meine Mutter jetzt litt, gar nicht erst aufkommen konnte.

Die Kinder wussten schon damals, dass sie das soziale Leben der eigenen Eltern später fortsetzen würden, dass sie mit den Kindern der Freunde ihrer Eltern zusammen alt würden. Von dieser Vorstellung muss von klein auf eine ungemeine Beruhigung ausgegangen sein. Ein Gefühl der Selbstvergewisserung, das jede Art des Aufbegehrens sofort verschlang.

Während die Kinder ihre Eltern anhimmelten, schienen sich die Eltern nicht im Geringsten für die Probleme ihrer Kinder zu interessieren. Ich erinnere mich an einen Samstag, ich war inzwischen sechzehn oder siebzehn, als eine meiner Freundinnen gerade mit großer Dramatik von ihrem Freund verlassen worden war. »Du, der Henning hat Schluss gemacht«, heulte sie ins Telefon.« Ich habe kaum noch eine Erinnerung an Henning, ich weiß nur noch, dass er blauen Kajalstift an den Augen trug, weil er sein Gesicht sonst zu fad fand, und dass sein Fahrrad eine große Rolle in seinem Leben spielte, sodass er immer mit auf einer Seite hochgekrempelten Hosen umherlief, damit er jederzeit aufs Rad springen konnte. Meine Freundin klang völlig zerstört, ich machte mich umgehend auf den Weg und kam fast gleichzeitig mit ihren Eltern bei ihr zu Hause an. Die Eltern hatten gerade den wöchentlichen Großeinkauf erledigt. Im riesigen dunklen Wohnzimmer, am Couchtisch, verschlangen sie wenig später Brötchen mit rohem Hackfleisch, sie waren ganz ihrer Mahlzeit hingegeben, als ich fragte, ob sie ihre Tochter nicht trösten wollten, ich müsse nämlich bald wieder nach Hause. Sie antworteten mir, ohne mich groß eines Blickes zu würdigen, da müsse sie jetzt allein durch, damit hätten sie nichts zu tun.

Eine der Freundinnen meiner Mutter, die sie glücklicherweise nach einigen Jahren in Kassel dann doch gefunden hatte, betrieb ein »Institut für gesunde Schönheit und Schlankheit«, »bekannt aus Funk und Fernsehen«, wie sie im lokalen Werbeblatt wöchentlich inserierte. Die Anzeige zeigte stets ein Foto dieser Freundin, am Schreibtisch sitzend, strahlend schön im weißen Kittel und voller Zuversicht und Kompetenz, ich kann mich gut an die grazile und gekonnte Handhaltung der Freundin meiner Mutter auf diesem Foto erinnern, man hätte ihr, einer medizinischen Koryphäe, nur dem Foto nach zu urteilen, ohne Weiteres die Ausführung einer komplizierten medizinischen Operation zugetraut, tatsächlich bestand das Institut aber aus einer Reihe von Solarien und fragwürdigen Apparaten zur Hautstraffung, ich glaube, mithilfe von Elektroschocks. Wenn sie ausging, wandte sie die Apparate bei sich selbst an und brachte ihre Gesichtshaut in einen schwer zu beschreibenden Aggregatzustand, eine Art außerweltliches Leuchten umgab sie dann. Sie hatte drei Kinder, um die sie sich nicht gerade in übertriebenem Maße kümmerte. Ihre Töchter aber sagten oft, »die Mama« sei so eine »tolle Frau«, sie würden jederzeit ihr Leben für sie geben.

7

Wenn den Leuten in Kassel auch ihre Kinder nicht besonders wichtig waren, so gab es doch ein Ding und eine Tätigkeit, denen ihre Leidenschaft galt, und wahrscheinlich ist es heute noch genauso: dem Auto und dem Autofahren.

Der Erwerb eines Führerscheins ist in Kassel immer schon wichtiger als das Erlangen eines Schulabschlusses gewesen. Man kann getrost mehrmals durchs Abitur oder sonst durch eine andere Prüfung fallen, ohne dass man sich Rückschlüsse auf die eigene mentale Verfassung gefallen lassen müsste, aber wer es nicht schafft, an einen Führerschein zu kommen, der gilt in Kassel als zweifelsfrei mental minderbemittelt.

Mein einziger Onkel, der Mann meiner Tante, hätte sich gar nicht so viele Verrücktheiten überlegen müssen, um sich in seiner Umgebung als spezieller Mensch zu etablieren, es hatte vollkommen genügt, dass er im Alter von etwa zwanzig Jahren nach einem traumatischen Erlebnis in der Bundesbahnfahrschule am Steuer eines Lastwagens entschied (er hatte Gas und Bremse verwechselt, der Klassiker, ein kurzer Schreck, Vollbremsung durch den Fahrlehrer, aber kein Unfall), den Lkw-Führerschein nicht zu machen und auch sonst niemals wieder auf dem Fahrersitz eines Autos Platz zu nehmen. Die große Kirchenorgel in seinem Wohnzimmer, seine Wanderobsession, seine Malerei nach der Natur, seine Frömmigkeit, seine legendäre Faulheit, seine übergroße Sorge um die eigene Gesundheit, seine wochen-, wenn nicht monatelangen Kneipp- und Fastenkuren, all das wäre nicht weiter der Rede wert gewesen, wäre er regelmäßig in einem Auto durch den Kasseler Stadtteil Harleshausen gekurvt. Aber diese Zufußgeherei, die er jahrzehntelang mit meiner Tante zelebrierte, genau wie im Urlaub das Wandern von einem Ende Deutschlands ans andere, war allen sofort suspekt. »Der kann unmöglich alle Tassen im Schrank haben«, dachten die Leute. Dass ein Mensch, besonders ein Mann, ohne Not sein Leben als Fußgänger und Bus- und Straßenbahnnutzer verbringt, das gilt in Kassel als geisteskrank.

Mein Vater brachte sich das Autofahren selbst bei, da war er gerade erst dreizehn oder vierzehn. Mein Großvater hatte sich das Bein gebrochen und mein Vater musste ihn zu Kundenbesuchen über abgelegene Dörfer chauffieren (mein Großvater besaß damals eine große Schreinerei). Für alle anderen gab es in Kassel überdurchschnittlich viele Fahrschulen, diese Fahrschulen sind aus dem Stadtbild bis heute nicht wegzudenken und liegen nicht wie in anderen Städten an weniger attraktiven Orten oder Plätzen, wo die Miete niedrig ist und wo sie nicht weiter auffallen, sondern an fast prominenten Stellen.

Es ist schwer zu sagen, wofür in Kassel das Autofahren steht, es hat nichts mit Sehnsüchten oder Fernweh zu tun (nur von meinem Großvater, dem Vater meiner Mutter, weiß ich, dass er, ein ruheloser Umherfahrer, sich manchmal mit seinem Auto auf eine Autobahnbrücke stellte, um den Autos nachzuschauen, die Richtung Süden fuhren), auch nicht mit einem Freiheitsgefühl oder wofür das Auto sonst steht. Es ist etwas anderes. Es muss ein großes Glück sein, einen Gegenstand zu besitzen, gleichzeitig in seinem Inneren umfangen zu sein und irgendwohin transportiert zu werden, den man sich im Idealfall so zusammenstellt, als hätte man die Chance, sein eigenes Äußeres zu bestimmen, und der als Selbstporträt von den anderen auch genauso verstanden wird. Der Kasseler Fahrer sagt mit seinem Auto: Wäre ich schön, dann wäre ich auf die Weise schön, in der mein Auto schön ist. Und weil mein Auto schön ist, bin letztendlich auch ich schön. Es ist im Grunde ein spiritueller Vorgang.

Wer auch immer in Kassel in finanzielle Nöte gerät, wird immer als Letztes das Auto verkaufen. Und solange er noch in seinem möglichst teuren Auto sitzt, wird er seine eigene Lage nicht als ernst begreifen. Und die Leute, die ihn auf der Straße sehen, werden entsprechend reagieren. »Der Soundso soll ja angeblich pleite sein, habe ich gehört ..., das kann aber nicht stimmen, er hat ja noch den Jaguar.«

Die Kasseler, die in der Regel noch nicht einmal ein Blumenbeet so bepflanzen können, dass der Betrachter es nicht als ungute ästhetische Provokation begreifen muss, haben, wenn es um Autos geht, einen geradezu erlesenen Geschmack. Sie wissen alles über deren Zusammenstellung, welche Außenfarbe zu welchen Lederbezügen passt, welche Felgen etc. Dass mein Großvater mütterlicherseits offenbar der einzige Mensch in Kassel war, der den in puncto Auto vorherrschenden distinguierten Geschmack nicht besaß, war vor diesem Hintergrund natürlich ein harter Schlag für meine Mutter. Während meiner gesamten Kindheit und Jugend hatte sich mein Großvater nämlich stets soeben erst wieder einen neuen Opel gekauft, das war quasi der Dauerzustand. Man konnte gar nicht so schnell schauen, wie sich die Opels meines Großvaters erneuerten. »Hat er nicht gerade erst vor Kurzem einen gekauft, der hier ist ja schon wieder nagelneu«, flüsterte meine Mutter, aus dem Esszimmerfenster auf die

Straße schauend, wo mein Großvater dabei war, sein Auto zu rangieren, um möglichst mittig vor unserem Haus zum Stehen zu kommen. »Dachte ich eigentlich auch«, mein Vater nickte. Der Opel war nach Definition meiner Eltern das Gefährt des bekennenden Proleten schlechthin. Warum war es meinem Großvater nicht möglich, wenigstens einmal im Leben ein normales Auto zu kaufen, eins, das ihn und seine nächsten Verwandten, also uns, nicht sofort der Lächerlichkeit preisgab wie der Opel? Der Opel sei schon immer seine Marke gewesen, sagte mein Großvater dann. »Vielleicht einen etwas kleineren, ein anderes Modell ...«, bat, bettelte meine Mutter, als wäre ein kleinerer Opel automatisch ein kleineres Übel. Mein Großvater schüttelte den Kopf, er brauche einen richtigen Wagen, kein Hausfrauenauto. »Dann aber eine andere Farbe, etwas Gedeckteres.« Nichts zu machen. Die Opels meines Großvaters waren beige-metallic oder in einem dunklen Goldton lackiert und glänzten in der Sonne wie seltene Tiere, einer von ihnen hatte sogar einen Spoiler am Heck.

Wenn mein Großvater mich manchmal von der Schule abholte, konnte ich sein Auto sofort aus der Ferne ausmachen, unter Hunderten Autos hätte man es sofort gefunden. Am Steuer trug er zudem einen Hut, unter ihm auf dem Sitz lag ein dickes Fell. Niemals stiegen meine Eltern in dieses Auto, um sich von meinem

Großvater kutschieren zu lassen. Ich dagegen fuhr gern in den seltsam, aber nicht unangenehm riechenden Opels. Mein Großvater fuhr allerdings nicht Auto, er schlug sich an seine Ziele durch, laut brüllend. Er benutzte dabei Schimpfworte, bei denen nicht ohne Weiteres zu sagen war, wie sie geschrieben wurden und woher sie überhaupt kamen. Sein liebstes: Du Dämellack! Ich habe es vor einer Weile zum ersten Mal in einem Wörterbuch nachgeschlagen, erstaunt darüber, dass es überhaupt existierte, ich hatte dieses Wort immer für seine Schöpfung gehalten. Die Fahrer fast aller anderen Autos natürlich alles Dämellacke oder Spitzbuben. Obwohl er beim Autofahren immer so die Fassung verlor, war das Innere seines Autos dennoch sein bevorzugter Aufenthaltsort, wie bei fast allen Leuten aus Kassel.

8

Ich weiß nicht, wie meine Mutter auf die Idee mit dem Besen gekommen ist. Ich kannte auch damals außer ihr niemanden, der allen Ernstes noch regelmäßig sein Haus fegte. Auch zu der Zeit, als meine Mutter damit anfing, in unserem ersten Kasseler Haus, dem Vororthaus in Baunatal, hatten die Leute für diese Dinge schon längst Staubsauger. In unserem HAUS aber, dem Unglückshaus, mit seinen weitläufigen weiß gekachelten Flächen, erreichte die Kehrleidenschaft meiner Mutter ihren Höhepunkt. Es war eine Art des Nachdenkens, die sie sich angewöhnt hatte, die offenbar mit dem Besen in der Hand, während sie gleichmäßige Bewegungen ausführte und sich auf den Fliesen kleine Häufchen von Staub und Krümeln sammelten, die sie dann mit einem Kehrblech in den Müll beförderte, besonders gut möglich war.

Es gab zwei Routen. Der Ausgangspunkt war immer die Küche, von dort arbeitete sich meine Mutter entweder nach rechts durch die Glastür zum Eingang vor, wo auch mein Zimmer und das Gästebad lagen, oder nach links in den Wohnbereich, wo sich vor einem weiß lackierten Sideboard und einem großen Bücherregal zwei schwarze Ledersofas und ein paar Sessel gegenüberstanden. Wenn sie mit dem Besen unterwegs war, hasste sie das Haus gar nicht so wie sonst, sie schien sogar zufrieden mit unserer Einrichtung und betrachtete die Möbel, die Bücher und die anderen Gegenstände mit einem gewissen Wohlgefallen.

An manchen Tagen waren drei Durchgänge nötig, an manchen bloß zwei, was allerdings selten etwas mit dem Grad der Verschmutzung zu tun hatte. Meine Mutter führte den Besen aber nicht, wie meine Großmutter das gemacht hätte, schnell und emsig, sondern sie kehrte mit einer gewissen Herablassung, wie es vielleicht ein Mitglied der Rolling Stones tun würde, käme es in eine vergleichbare Situation. Es war klar, dass dieses Kehren nicht zur Erfüllung ihrer hausfraulichen Verpflichtungen gehörte, sondern eine ganz eigene Disziplin war. Nach meinem Abitur, als ich nicht mehr in Kassel wohnte und quasi als Besucherin nach Hause kam, wenn auch als eine sehr häufige, gewöhnte ich mir an, meiner Mutter bei ihren Touren mit dem Besen zu folgen, neben ihr zu stehen und manchmal gedankenverloren den Staub zu betrachten oder mich auf einem der Sofas zu fläzen, während sie mich umrundete.

Erst jetzt erinnere ich mich daran, wie oft wir uns während des Kehr-Rituals meiner Mutter unterhielten, dass gewissermaßen kehren und miteinander reden zusammengehörten. Meistens ging es um all die widrigen Umstände, die das Leben für meine Eltern bereithielt. »Warum seid ihr denn nicht einfach wieder nach Weinheim zurückgegangen, als ihr gemerkt habt, dass ihr in Kassel nicht zurechtkommt? Warum zieht ihr nicht wenigstens jetzt wieder weg?« Eine Frage, die ich jahrelang in regelmäßigen Abständen stellte, um jedes Mal die gleiche Antwort zu bekommen: »Weil ich nicht mehr kann, es ist zu spät. Dein Vater und ich, wir sind erledigt.« Das war das zwingendste Argument, das meiner Mutter zur Verfügung stand, und sie verschoss es immer als erstes. Dass man zu alt war, dass es für etwas zu spät war, dass man einer Sache nicht mehr gewachsen war, zu einem früheren Zeitpunkt wäre man ihr noch gewachsen gewesen, die physischen und psychischen Ressourcen hätten noch ausgereicht, aber jetzt gewiss nicht mehr, »kräftemäßig«, sagte meine Mutter, »können wir einfach nicht mehr«, der Einsatz des Wortes »kräftemäßig« unterstrich immer den Ernst der Lage; oder – geringfügige Variation – dass sich etwas für sie angesichts der verlorenen Zeit sowieso nicht mehr lohnte, vor zehn Jahren vielleicht noch, möglicherweise auch noch vor fünf, sogar noch vor drei, aber jetzt, unmöglich, schau mich doch an, alle Energien verschwendet, und zwar vergeblich, jede Hoffnung verloren, Sache gelaufen. Die

Zeit hatte ihre erschreckend geheime Fehde gegen eine ihrer fassungslosesten Feindinnen, meine Mutter, schon lange für sich entschieden.

Dass meine Mutter wegen ihres Zeitproblems anderen Leuten nicht ihr Alter verriet, ist logisch, aber auch ich vermied schon als Kind jede Festlegung in dieser Frage, und zwar schon, als meine Mutter noch ziemlich jung war, vielleicht gerade Anfang dreißig. Ihr Alter blieb ihre privateste Angelegenheit, man hatte es deshalb als ihr Kind unbedingt für sich zu behalten, plauderte es nicht bei der erstbesten Gelegenheit aus, das wusste ich, ohne dass es jemals direkt zu mir gesagt worden wäre. Ich konnte nach einer Weile gut einschätzen, ob ein Gespräch unter mehreren Kindern die Wendung nahm, die unausweichlich zu dem Augenblick führen würde, an dem sich die Kinder reihum das Alter ihrer Eltern sagten. Es war immer ein Moment von Intimität, eine Spur feierlich. Es klang dann wie eine spezielle Form von Mathematik, zwei in zunächst rätselhafter Beziehung stehende Zahlen.

»Wie alt sind deine?«

»Meine Mutter ist zweiunddreißig und mein Vater vierunddreißig.«

»Mein Vater ist vierzig und meine Mutter einundvierzig.«

Genau das hatte ich zu vermeiden, damit meine Mutter, die immer viel jünger aussah als die anderen

Mütter, nicht auf eine ihr ungemäße Art an die Zeit gekettet würde.

Da eine Falschaussage in einer so wichtigen Sache aber für mich als relativ junges Kind aus moralischen und religiösen Gründen noch nicht infrage kam, verließ ich also schon möglichst vorher den Raum, wenn ich merkte, dass sich die Dinge in die eine Richtung entwickelten, dass gleich wieder diese albernen Zahlen heruntergeleiert würden, ich sagte, ich müsse auf Toilette, mal kurz telefonieren, »Dürfte ich mal zu Hause anrufen, könnte ich mir vielleicht in der Küche etwas zu trinken holen?«, fragte ich, wenn ich bei einer Freundin zu Gast war. Und ich konnte auch meistens abschätzen, wann die leidige Altersfrage geklärt war, wie lange sie in der Regel dauerte. Trotzdem kam ich manchmal doch zu früh zurück. Dann spürte ich, wie meine Gesichtshaut warm wurde und sich rötlich verfärbte, und ich versuchte, wenn ich gefragt wurde, möglichst vage Angaben zu machen und das Alter meiner Mutter nach unten zu treiben und gleichzeitig anteilig möglichst wenig zu lügen. »Meine Mutter ist so ungefähr Ende zwanzig, Anfang dreißig, eigentlich eher Ende zwanzig«, stammelte ich. Die anderen Kinder schauten ratlos und fragten sich, was mit mir und meinen Eltern nicht stimmte.

Sich die Dinge schönreden, etwas, womit die meisten Menschen einen großen Teil, wenn nicht sogar den größten Teil ihres Lebens zubringen, eine Art Selbsthypnose durch ständiges, ruhiges Wiederholen geplanter Abläufe, gemeisterter Vorhaben, irgendwelcher Errungenschaften und Fähigkeiten, die man sich selbst zuschrieb, gab es bei meiner Mutter nicht. Stattdessen gab es die Disziplin des Sich-die-Dinge-Schlechtredens, die sie mit besonderer Lust betrieb, wenn sie kehrte. »Du musst bedenken, dass wir doch von allem die schlechtere Version haben«, beschrieb meine Mutter unsere Lage, natürlich nicht immer explizit, aber der Gedanke schwang fast bei allem mit, was sie sagte. Wir hatten ja sogar die schlechtere Version unserer selbst. »Spräche dein Vater ein besseres Englisch«, sagte meine Mutter oft, »wäre sein Englisch nicht das, was es ist, nämlich die Persiflage dieser Sprache, dann stünde er in seiner Firma bestimmt ganz anders da, dann wäre ihm noch eine ganz andere Karriere möglich gewesen.« Es spielte keine Rolle, dass mein Vater für landläufige Begriffe immer ziemlich erfolgreich gewesen war. Dann könnte er sich nämlich behaupten gegen all die anderen, allesamt ambitionierte Englischkönner – vielleicht sprachen sie sogar noch Spanisch, Russisch und/oder Chinesisch –, die plötzlich von den Universitäten auf den Arbeitsmarkt strömten, viel besser ausgebildet als mein Vater. Andere Männer im Alter meines Vaters seien darauf selbstverständlich vorbereitet, hätten auf sich geachtet, Kurse belegt etc., hätten sich ein ganz anderes Auftreten angeeignet, aber mein Vater sei ja ohnehin nur für sehr weniges zu interessieren, seit seiner Jugend lese er nichts anderes als den wöchentlichen »Spiegel«, und selbst den nicht richtig.

»Wäre ich selbst nicht so früh im Leben beschädigt worden, dann hätten mir ganz andere Möglichkeiten offengestanden, ich hätte vielleicht einen Laden aufgemacht und mein eigenes Geld verdient, aber leider hatte ich ja nie eine Chance, und ich war, das muss ich zugeben, auch viel zu dumm.« Auch ich hatte natürlich gravierende Defizite: »Hätten wir dir mehr Disziplin beigebracht, wären wir strenger zu dir gewesen, standhafter, als du die Altflöte und das Ballett aufgeben wolltest, hättest du nicht dieses idiotische geisteswissenschaftliche Studium absolviert, sondern vielleicht Jura studiert, wärst du nach München gegangen und nicht in das verschlafene Freiburg, wer weiß, wo du dann schon im Leben stündest, aber mit dir war ja nicht zu reden, du hast dich ja immer nur von irgendwelchen lachhaften Jüngelchen leiten lassen, deinen Studienort von einer vorübergehenden Verliebtheit bestimmen lassen.« Was sollte ich da sagen? Sie hatte recht. Nicht nur mit Freiburg, mit einfach allem, meine Mutter war die beste und verführerischste Schwarzmalerin der Welt, besonders auf ihren Touren mit dem Besen.

9

Aber ihr liebstes Thema während ihrer Kehr-Exerzitien war Kassel. »Glaubst du denn wirklich, die anderen Leute wären freiwillig hier?«, fragte meine Mutter.

»Na ja«, sagte ich, »vielleicht denken sie gar nicht so viel darüber nach, irgendwo muss man halt wohnen.«

»Niemand ist freiwillig in Kassel, lass dir das von mir gesagt sein. Wer auch immer was anderes behauptet, der lügt. Nach Kassel wird man vom Schicksal geworfen oder man strandet hier, eine andere Möglichkeit gibt es nicht. Kassel macht etwas mit seinen Bewohnern, das vielleicht keine andere Stadt der Welt tut.« Teuflisches Kassel, ich fragte mich, ob sie jetzt nicht doch übertreibe.

»Es nimmt seinen Bewohnern sofort jede Energie. Diese Stadt lähmt die Leute, so wie manche Insekten, die ihren Opfern irgendein Gift spritzen. Sie sind dann noch am Leben, können sich aber nur noch ganz langsam bewegen, bevor sie qualvoll verenden. Ohne dass die Leute es merken, werden sie sofort von Kassel schachmatt gesetzt. Ist dir eigentlich schon mal dieses bizarre Spiel aufgefallen, das Kassel auch verbal mit den Leuten treibt?«

»Welches Spiel?«

»Dass Kassel seine Bewohner mit Worten an sich kettet, das gibt es in keiner anderen Stadt auf der Welt, das ist wirklich einzigartig.«

Ich schaute immer noch fragend.

»Ich meine diese Begriffe ›Kasseler‹, ›Kasselaner‹, ›Kasseläner‹ ...« Meine Mutter sprach die Bezeichnungen mit großem Ekel aus.

»Ach so, das ...«, das hatte ich natürlich schon mal gehört.

Meine Freundin Sandi hatte mir schon mehrmals diese Begriffe nicht ganz ohne den typischen Kasseler Zugehörigkeitsstolz referiert. Kassel hält tatsächlich für die verschiedenen Stufen der Verstrickung in die Stadt eine eigene Begrifflichkeit bereit, die man sogar in lokalen Wörterbüchern nachlesen kann. Das Neutralste ist die Bezeichnung »Kasseler« für den einfachsten Bezug zu Kassel, wie es ihn für jeden anderen Ort auch gibt, für jemanden, der in diese Stadt gezogen ist und dort lebt. Ein »Kasselaner« hingegen ist jemand, der in Kassel geboren wurde, egal wo er lebt, ein »Kasseläner«, die Höchststufe, über den kuriosen Einfall, das »a« aus Kasselaner einfach zu beugen, als Zuspitzung, habe ich damals länger nachgedacht, ihn fast schlüssig und originell gefunden, wurde selbst in Kassel geboren und hat mindestens ein ebenfalls in Kassel geborenes Elternteil. Ich zum Beispiel falle auch unter diese Kategorie. Wohin »Kasselaner« sowie »Kasseläner« auch gehen, sie bleiben, was sie sind, für immer, ohne irgendeinen Einfluss darauf.

»Hat man Kassel also erst einmal in der DNA, dann ist jede Flucht sinnlos«, sagte meine Mutter, »man könnte vierzig Jahre, quasi sein ganzes Leben, in New York zugebracht haben, wäre durch irgendeinen Zufall kurz in Kassel, vielleicht um auf die ›documenta‹ zu gehen, vielleicht weil man ein Künstler ist oder was weiß ich, irgendetwas Kreatives, und käme mit irgendwem ins Gespräch, vielleicht im Café oder so, und würde beiläufig erwähnen, aus plötzlicher Sentimentalität vielleicht oder dem Bedürfnis, sich mit dem Gegenüber kurzzeitig zu verbrüdern, ein Impuls, für den man immer zu teuer bezahlt, wie du weißt«, sie schaute düster, während sie kurz mit dem Kehren innehielt, »man würde jedenfalls erzählen, dass man als kleines Kind ein paar Jahre in Kassel gelebt habe, sich aber an nichts erinnern könne, der Vater habe für eine Weile in Kassel einen Job gehabt, vielleicht an der Uni, dann sei die Familie aber zurück nach Amerika gegangen. Dann steht man schon mit einem Fuß in der Falle.« Die Leute in Kassel seien listig, wenn es darum geht, die Verkasselung eines anderen zutage zu fördern. »Sie haben also als Kind in Kassel gelebt?«, fragte meine Mutter mit inquisitorischem Tonfall. »Ja, genau«, sagte der New Yorker pflichtbewusst und schluckte. Meine Mutter, die immer schon Filmdialoge so gut wiedergeben und nachspielen konnte, dass man oft eine Spur enttäuscht war, wenn man den Film dann eines Tages tatsächlich selbst sah, weil die Szenen meiner Mutter immer viel intensiver und ausdrucksstärker gewesen waren, deutete den New Yorker mit legerer Gestik an, die das von ihr sehr geschätzte Wort »sophisticated« rechtfertigte.

»Und wo sind Sie geboren, wenn ich fragen darf?«, fragte sie mit der schmeichelnden Kassel-Stimme. »Auch in Kassel«, sagte der New Yorker schon ein bisschen zurückhaltender, »wir sind weggezogen, als ich vier Jahre alt war, seitdem war ich nie wieder in Kassel, nur ein paarmal beruflich in Deutschland.« Meine Mutter sprach nun im Duktus einer fast neutralen Kommentatorin: »Der betreffende Kassel-Bewohner, wahrscheinlich ein waschechter Kasseläner, abstammend von unzähligen Generationen von Kasselänern, wäre stolz, aus dem New Yorker zumindest den Kasselaner hervorgeholt, den Kosmopoliten quasi auf den Boden der Tatsachen heruntergeholt zu haben. ›Ein Kasselaner, also, sieh mal an‹, das ›a‹ würde er besonders breit und sperrig aussprechen, und in seinen Augen wäre so etwas wie Triumph darüber, dass kein Baum in den Himmel wächst, wie hier immer schon gesagt wird«, sagte meine Mutter, sehr zufrieden damit, die Kassel-Falle fein säuberlich auseinandergenommen zu haben.

»Aber der New Yorker hätte vielleicht gar kein Problem damit, als Kasselaner identifiziert zu werden, er fände es vielleicht sogar originell, wer weiß, er hat ja sein Flugticket zurück längst in der Tasche, es ist ihm wahrscheinlich sogar egal«, sagte ich. Dass ihre Geschichte um den imaginären New Yorker zudem ziemlich konstruiert klang, behielt ich für mich.

»Darum geht es doch gar nicht«, sagte meine Mutter, »der kann das finden, wie er will. Der kann sich meinetwegen sogar darüber freuen, einen Kassel-Fanklub gründen, was weiß ich. Ich wollte dir doch nur zeigen, dass diese Leute hier einen immer nur zu sich hinunterziehen wollen. Es gibt nichts Besseres für sie, als herauszufinden, dass man aus demselben Sumpf stammt wie sie.«

Sie stellte den Besen ab, holte sich ein Glas Wasser und setzte sich zu mir auf das Sofa.

»Kassel bedeutet Untergang und Verdammnis, weil aber niemand diese Verdammnis erträgt, reagieren alle so, wie Leute immer reagieren, wenn eine Situation aussichtslos ist, sie stürzen sich erst recht hinein, tun so, als hätten sie sie frei gewählt, als wären sie womöglich noch stolz darauf. Sie rennen also zu all den Golfklub-Festen, Provinzrestaurant-Eröffnungen und Mercedes-Benz-Niederlassungsfeiern und attestieren dann einander, wie toll sie sich gegenseitig finden und dass sie sich keinen besseren Ort auf der ganzen Welt vorstellen können.«

Wir beendeten diese Art von Gespräch immer, indem wir plötzlich schwiegen, eine von uns, meistens ich, zuckte die Achseln, dann sagte meine Mutter etwas wie: »Es hilft ja alles nichts, lass uns einen Spaziergang machen, nur kurz ein bisschen vor die Tür. O.K.?«

10

Die Rückkehr nach Kassel war, wie mir meine Mutter wieder und wieder beim Saubermachen erklärte, der erste große Fehler, der zweite, vielleicht noch gravierendere: als wir wenige Jahre später auf die unverzeihliche Idee verfielen, das HAUS zu bauen. »Das hat uns wirklich den Rest gegeben«, stöhnte meine Mutter dann. Mit dem HAUS hatte unser Unglück endgültig seine Hülle erhalten. Welten lagen zwischen unserem Haus und dem, was andere Menschen bewohnten. Das wurde mir klar, wenn meine Mutter über die Häuser anderer sprach. »Das ist ja ein richtig schönes Haus«, sagte sie über das Haus einer entfernten Bekannten, »von vorn bis hinten durchdacht und komfortabel«, schon die besondere Tonlage, mit der sie von der Spezies der bewohnbaren Häuser sprach, stellte klar, dass in diesen Häusern ein wirkliches Leben, in unserem aber bestenfalls ein Vegetieren möglich war. Unser Unglück, da war sie sich sicher, hatte sich auf immer manifestiert, weil wir den Immobilien in die Falle gegangen waren, dem tatsächlich Unbeweglichen,

Unverrückbaren, weshalb auch das Unglück, das sich davon ableitete, unverrückbar war.

Wenn ich meine Schulkameradinnen besuchte, versuchte ich, mir vorsichtig einen Überblick zu verschaffen, wie diese bewohnbaren Häuser, die ihre Insassen nicht per se unglücklich machten, denn aussahen, und zu erfassen, was das Gelingen eines Hauses eigentlich ausmachte. Ich hielt es damals noch durchaus für möglich, hätte ich den Unterschied erst einmal verstanden, unser Haus irgendwie verändern zu können. Während meine Schulkameradin vielleicht etwas zu trinken aus dem Keller holte oder im Badezimmer war, wanderte ich möglichst geräuschlos durch das Wohn- und Esszimmer, die Küche, den Eingangsbereich des jeweiligen Hauses und sah mir aufmerksam alles an. »Ach so«, dachte ich immer wieder, »so sieht das also aus.« Aber eigentlich bemerkte ich nie einen wirklichen Unterschied.

Mit ihrer immer schon unwiderstehlichen Überzeugungskraft referierte meine Mutter meinem Vater und mir über die Jahre immer wieder die schlimmsten Minuspunkte des Hauses: die falsche Positionierung der Terrasse, der deshalb fehlende direkte Zugang zum Garten, der extreme und in ihren Augen unharmonische Neigungswinkel des Daches, die unerträgliche Hitze darunter im Sommer. Mein Vater und ich, bei diesen Gelegenheiten meist am Frühstückstisch sitzend, stierten resigniert und in stummer Zustimmung vor uns hin. Und zuletzt die Lage des Hauses. Das wisse doch jedes Kind, was die entscheidenden drei Kriterien bei Immobilien seien: »Lage, Lage, Lage.« Unsere Straße befand sich zwar in einem bevorzugten Wohnviertel, nur war sie ausgerechnet die einzig nicht begehrte in diesem Viertel, zufällig auch noch eine Sackgasse mit einem Wendekreis am Ende. »Schau dir doch die Baracken an, die in dieser Straße stehen, diese lächerlichen Spießerträume mit Garten und Garage. Kein normaler Mensch würde hier Geld investieren.«

Selbstverständlich hatten wir uns damals von der Baufirma nach allen Regeln der Kunst über den Tisch ziehen lassen. Wir waren in den Dingen des Alltags und der Ökonomie stets die, an der die Welt ihre Schlechtigkeit und Verschlagenheit bewies. Wir hatten unser ganzes Geld eingesetzt, also alles, was von unseren neureichen Siebzigern und frühen Achtzigerjahren, als meine Eltern mit bewunderungswürdiger Lässigkeit und unerklärlicher Kennerschaft (wo hatten sie das bloß gelernt?) hauptsächlich geschmackvolle Luxusartikel kauften, übrig geblieben war, als mein Vater in seinen stets neuen großen Autos saß und meine Mutter die umschwärmte Kundin aller teuren Bekleidungsgeschäfte war und eine der schicksten Frauen von Weinheim, Mannheim und Heidelberg, also der drei Städte, in die sie, manchmal fröhlich vor sich hin summend, in ihrem hellbeigen Käfer, meistens mit mir auf der Rückbank, zu ihren Einkaufstouren aufbrach.

Damals schauten die Leute auf den Einkaufsstraßen meiner Mutter manchmal tatsächlich staunend hinterher, wegen ihrer Eleganz und Kühnheit. Oft, wenn andere Frauen sich gefragt hätten, ob ein Kleidungsstück nicht doch zu gewagt wäre, fühlte meine Mutter sich verpflichtet, es erst recht zu kaufen und zu tragen, alles andere wäre Feigheit gewesen. In diesen Momenten, da man sich zur Mode bekannte und die eigene Lächerlichkeit riskierte, fand meine Mutter, bewies man wirklichen Charakter. An meiner knabenhaften, schlanken Mutter, die damals die Haare trug wie die hübschen jungen Männer in einer Thomas-Mann-Verfilmung, sah seltsamerweise aber nie etwas deplatziert oder lächerlich aus, die weichen Jacketts von Giorgio Armani oder Christian Aujard, die melierten Pullover von Missoni, die Jeans von Fiorucci, die Kleider von Jil Sander oder Kenzo, die Röcke von Céline, der Mantel von Issey Miyake, die Schuhe von Pollini, Charles Jourdan und Tokio Kumagai, all das war wie eigens für sie gemacht, wirkte an ihr vollkommen natürlich, das merkten auch über die Jahre all die mit Mode befassten Leute, die Verkäufer, Ladenbesitzer und Änderungsschneider sofort, selbst mit den arrogantesten verband meine Mutter sofort ein stilles Einvernehmen, sie hielten sie für eine Expertin, sobald sie einen Laden betreten und auf irgendetwas gedeutet hatte. Ich hatte meinen gut aussehenden, jungen Eltern gern beim Geldverschwenden zugesehen, es kam mir bei ihnen vor wie eine schöne und sinnvolle Tätigkeit.

All das war endgültig vorbei, als wir das HAUS bauten, das von nun an mit den Hypothekenzahlungen alle Ressourcen verschlang, wir hatten quasi eine Villa bezahlt und dafür eine Hütte bekommen, eine Hütte, die uns und unserer Habe zwar Unterschlupf bot, aber nichts war, das auf dem Immobilienmarkt eine gewisse Bedeutung gehabt hätte. Es lag also auf der Hand, warum bei uns niemals denkbar war, was alle anderen mit Leichtigkeit taten: die Behausung wechseln. Niemand, der auch nur halbwegs bei Trost war, würde uns jemals von diesem Haus erlösen. Niemand würde uns einen Preis zahlen, der uns erlaubte, etwas Neues zu finanzieren. Unser Haus war unser Schicksal, unsere gemauerte Entsprechung in der Welt. Wenn wir wirklich wissen wollten, wer wir seien, sagte meine Mutter, bräuchten wir nur unser verkorkstes Haus anzuschauen mit seiner Mischung aus Spießertum und Snobismus.

11

Neulich habe ich zum ersten Mal seit langer Zeit wieder daran gedacht, wie ich wenige Monate nach dem Einzug losgeschickt wurde, um Sandwiches zu besorgen für meinen Vater und für die Mitarbeiter der Baufirma, die das Haus errichtet hatte. Außer mir erinnert sich bestimmt niemand mehr daran. Für die finale Besprechung, in der es um viel Geld ging, Geld, das meine Eltern nachzahlen sollten trotz anderslautender Verträge, hatten sich die Angehörigen der Baufirma mit meinem Vater in der sogenannten Einliegerwohnung verschanzt. Tatsächlich kam er mir an diesem Tag so vor, als wäre er ihre Geisel, sie wollten ihn auf seinem eigenen Terrain schlagen als besondere Demütigung. In den Achtzigerjahren bauten sich viele Leute kleine Wohnungen in die Keller ihrer Einfamilienhäuser, Behelfsunterkünfte, für die man tatsächlich Bewohner finden musste, nur dann konnte man eine steuerliche Begünstigung des Staates in Anspruch nehmen. Da man sie eigentlich nie gewollt hatte, sondern nur auf die Steuerersparnis aus war, versuchte man Mieter zu finden, die man möglichst wenig zu Gesicht bekam, Arbeitssüchtige, Berufspendler, oder besser noch, eine Kombination aus beidem.

Mein Vater saß also mit den Männern von der Baufirma einen ganzen Tag in der bis auf einen Tisch und ein paar Gartenstühle unmöblierten Einliegerwohnung, rauchte währenddessen vermutlich hundert Zigaretten und versuchte, die absurd hohen Nachforderungen, die plötzlich wie aus dem Nichts, wie er meiner Mutter gegenüber immer wieder beteuerte, über uns gekommen waren und mit unseren Sonder- und Extrawünschen begründet wurden (»Was meinen die denn bloß immer mit Extrawünschen?«, fragte meine Mutter, »unser Haus ist doch ganz schlicht, es ist ja alles bloß weiß«), etwa mit dem großflächigen Auswechseln von Fenstern, dem mehrmaligen Herausreißen des Estrichs, dem Austauschen der Rollläden etc., überhaupt der ganzen insgesamt »gehobenen Ausstattung«, wie die Baufirma es nannte, herunterzuhandeln, was ihm nicht gelingen würde. Denn während mein Vater beruflich ein Überredungskünstler höchster Güteklasse war, besonders kurz vor Weihnachten, wenn er im Auftrag seines Unternehmens mit exakt der richtigen Dosierung sanften Drucks seine Kunden zur Unterschrift unter besonders große Aufträge nötigte, einmal hatte er eine Kundenfirma so lange belagert, dass er versehentlich nachts vom Sicherheitsdienst eingeschlossen wurde, war er damals schon, sobald es um Privates ging, das glatte Gegenteil. Die Leute von der Baufirma waren ohnehin viel gerissener als er und zudem in der Überzahl. Es war klar, dass es nicht gut für ihn stand.

Meine Mutter hatte mir Geld in die Hand gedrückt und mich losgeschickt, eigentlich hätte ich zu dieser Zeit noch in der Schule sein müssen, vielleicht war ich an diesem Tag krank und gar nicht erst in der Schule gewesen, daran erinnere ich mich nicht mehr. Mein Vater und seine Geiselnehmer hatten sich in ihren Streit offenbar so verheddert, dass sie noch nicht einmal eine Mittagspause außerhalb der Einliegerwohnung machen konnten. Auf dem Weg zum Supermarkt dachte ich bereits, was das schon wieder für eine verrückte Idee war, diese Männer auch noch verköstigen zu wollen, die sich gerade anschickten, unser Familienleben signifikant zu verschlechtern, wenn nicht zu ruinieren. »Das ist typisch für meine Eltern«, dachte ich, während ich in die Vitrine mit den belegten Brötchen schaute und nach möglichst großen und gut belegten Ausschau hielt, wie von meiner Mutter instruiert, unseren Widersachern auch noch etwas zu essen anzubieten. Auch im Angesicht der Niederlage wollten meine Eltern anständig sein, ihre Ehre bewahren, ihre Würde, und was es sonst noch für Worte dafür gibt, diese Trostkategorien für Leute in auswegloser Lage, »sicher, sie haben uns alles genommen, aber unsere Ehre können sie uns nicht nehmen, die haben wir noch«. Ein Film könnte mit diesen Worten enden. Meine Eltern und ich im Sonnenuntergang stehend, dramatisch von hinten beleuchtet, sodass man die Details unserer Gesichter nur noch erahnen kann, und salutierend, vor was oder wem, ist nicht zu sehen, wahrscheinlich vor dem ungünstigen Schicksal, das wäre das passende Bild.

Ich lieferte die gekauften Brötchen direkt in der Einliegerwohnung ab, mein Vater öffnete die Tür nur einen Spalt weit, sodass ich seine Besucher nur ganz kurz und auch nicht in Gänze sehen konnte, was ich aber sehen konnte, war das unendlich müde Gesicht meines Vaters. Nie zuvor habe ich ihn so desillusioniert und so niedergeschlagen gesehen, tatsächlich von seinen Widersachern niedergeschlagen, und vor allem tief verwundert. Diese Verwunderung aber über alles und jeden ist einer der Hauptwesenszüge meiner Eltern. Obwohl sie natürlich schon lange erwachsen waren, schienen meine Eltern immer alles zum ersten Mal zu tun, fast alles im Leben war für sie eine Überraschung. Und oft hatten sie sogar recht, dann war auch ich erstaunt über die offenbar magnetische Anziehungskraft zwischen meinen Eltern und jeglicher Form von unabsehbarer Unbill und Widrigkeit, darunter natürlich das stets feindlich gesinnte Wetter (ungenierter, rücksichtsloser Sonnenschein an erster Stelle, gefolgt von unmäßigen Regengüssen oder Schneefällen und orkanartigem Wind), gewaltige, an den Nerven zerrende Baumaßnahmen, egal wo meine Eltern gerade das Lager aufgeschlagen hatten, dazu rücksichtslose, ihre eigenen Grenzen nicht beachtende, lautstarke Nachbarn. Außerdem jede Art mutwilliger menschlicher Niedertracht und Dreistigkeit, selbst von Leuten, die sie schon lange kannten.

Meine Eltern waren zwei Soziallegastheniker (und ich durch genetische Veranlagung und Erziehung natürlich auch, möglicherweise etwas schwächer ausgeprägt), sie konnten andere Menschen und ihre Motive nicht lesen, sich keinen Reim auf sie machen. Sie haben im Grunde nie begriffen, dass die Verhaltensweisen anderer Menschen zum großen Teil in diesen Menschen selbst lagen und mit dem jeweiligen Gegenüber, also mit meinen Eltern, gar nicht so viel zu tun hatten. Nach jeder neuen Erfahrung mit der schmerzlichen Andersartigkeit der anderen, jeder Enttäuschung, leckten sie verwundert ihre Blessuren.

»Wie konntet ihr denn das nur zulassen?«, fragte ich aufgebracht, wenn sie sich schon wieder irgendwo schlecht behandeln lassen hatten und mir mit ihrem Kinderstaunen in jedem denkbaren Detail davon erzählten. »Es ist noch viel schlimmer, als du denkst«, sagte meine Mutter gern einleitend und hatte meistens recht damit. Sie hatten sich schon wieder von irgendjemandem ausnutzen lassen, ich raufte mir die Haare, konnte es nicht glauben. »Das konnten wir doch nicht wissen, damit war doch nicht zu rechnen. Damit haben wir doch keine Erfahrung. Du kannst dir gar nicht vorstellen, wie überrascht wir waren, dein Vater und ich.« »Nein, nein, nein! Jeder Depp weiß das, warum ihr denn nicht?«

Wie konnte denn jemand, der ohnehin immer nur das Schlechteste annahm, gleichzeitig so grenzenlos naiv sein, fragte ich mich und hatte große Lust, meinen Kopf gegen eine Wand zu schlagen. Manchmal kam es mir so vor, als wäre ich von diesen beiden Irren nur in die Welt gesetzt worden, weil sie einen Zuschauer brauchten, wenn ihnen Unrecht geschah, einen Zeugen, einen parteiischen Dritten, der auf ihrer Seite war, dem sie ihr Leid klagen konnten oder der sie beschützte.

Ich war die Rächerin meiner Eltern, eine Meisterin im Überreden wildfremder Menschen (Hotelrezeptionisten, Apotheker, städtische Angestellte, Flughafenpersonal), um all das Unrecht wieder rückgängig zu machen oder wenigstens zu lindern.

Aber es gibt natürlich kaum etwas Schlechtes, das nicht in irgendeiner Weise auch ein bisschen nützlich wäre. So war es auch bei meinen Eltern: In ihrer ständigen Verwunderung, dem Gefühl, immer gerade alles zum ersten Mal zu erleben, meine Eltern als zwei lebenslange Debütanten also, lag das Geheimnis ihrer Jugendlichkeit.

12

Auch die Neuigkeit, dass das HAUS plötzlich doch verkäuflich war, kam für meine Eltern vollkommen überraschend. »Wer hätte denn damit noch gerechnet, nach all den Jahren?«, sagte meine Mutter, »das ist doch unglaublich.« Aber es war nicht bloß das übliche Staunen, es war ein Schock. Routinemäßig hatten meine Eltern das Haus – wie mehrmals in den zwei Jahrzehnten zuvor – in die Hände eines Maklers gegeben, eigentlich in der Absicht, diesen ihnen insgeheim angenehmen Schwebezustand herzustellen. »Wir versuchen gerade wieder einmal, unser unverkäufliches Haus zu verkaufen.« Sie hatten sich eigentlich nur die üble Vertracktheit ihrer Situation vor Augen führen, in schönster Ruhe die Aussichtslosigkeit der Lage genießen wollen. Der aktuelle Makler sollte ihnen eigentlich nur attestieren: »Sie wissen, ich habe alles Menschenmögliche getan, um Ihr Haus an den Mann zu bringen. Aber es ist wirklich nicht zu veräußern, so was habe ich noch nicht erlebt in meiner Karriere. Vielleicht könnte man es ja mit einer Versteigerung versuchen ...« Etwa so hatten meine Eltern sich das vorgestellt. Geschlagen vom Leben, geschlagen mit ihrem Haus.

Doch dazu kam es nicht. Stattdessen wurden meine verdutzten Eltern Zeugen eines Bieterstreits. Irgendetwas musste sich inzwischen auf dem Kasseler Immobilienmarkt verändert haben, ohne dass sie Notiz davon genommen hatten. Tagelang gingen Gutachter der Interessenten bei ihnen ein und aus. Sie durchmaßen mit großen wichtigtuerischen Schritten die Zimmer, klopften gegen Mauern, öffneten die Einbauschränke. »Die werden die Schwächen des Hauses schon noch bemerken«, sagte meine Mutter mit leiser Hoffnung. Am Ende erhielten sie mehrere Kaufangebote. Darauf waren meine Eltern nicht vorbereitet. Das Haus und sie rebellierten in einem letzten epochalen Wasserrohrbruch, der das gesamte Kellergeschoss überschwemmte und ein riesiges Loch in die Wand riss, aber weiter zu nichts führte. Jetzt bleibe doch nichts anderes übrig, als den Vorvertrag aufzulösen und den Termin beim Notar abzusagen, soufflierte mein Vater dem Mann, der das Rennen um das Haus gemacht hatte, am Telefon. Der gesamte Keller liege quasi in Trümmern. Das komme nicht infrage, sagte der Käufer. Er habe schon Geld überwiesen, er wolle und brauche dieses Haus unbedingt, er könne mit seiner Familie auf keinen Fall später als zum vereinbarten Termin einziehen. Das restliche Geld werde er in bar mitbringen.

Langsam dämmerte meinen Eltern, was gerade geschah. Den Notartermin erlebten sie in einem Zustand der Trance. Meine Mutter hatte in der Nacht vorher die Dosis ihrer Beruhigungstabletten deutlich erhöht, um zehn Uhr morgens wäre sie wegen ihres antibürgerlichen Zeitrhythmus auch ohne Tabletten noch nicht richtig ansprechbar gewesen, aber wegen der doppelten Dosis *Tavor* war sie »wie in Watte gepackt«, wie sie mir danach erzählte, sie habe alles durch einen Schleier wahrgenommen, die Hautfarbe meines Vaters habe zwischen vollkommen blass und stark gerötet changiert, sie habe sich Gedanken gemacht, ob er noch an Ort und Stelle in Ohnmacht fallen werde, richtige Sorgen allerdings nicht, denn dafür sei sie noch immer zu benebelt gewesen, bis sich dieser Nebel plötzlich lichtete.

Als er die finale Unterschrift, die den Abschied von unserem Haus für immer besiegelte, leisten sollte, zitterte die Hand meines Vaters so sehr, dass er sich fast verschrieb. Der Käufer war enthusiastisch, ein griechischer Wissenschaftler, noch ganz neu in Kassel, sehr sympathisch, so ein schönes Haus habe er da bekommen, er sei ganz glücklich. Mein Vater stammelte noch, das freue ihn, dass er mit seinem Kauf zufrieden sei, er selbst habe dort auch immer sehr gern gewohnt, aber meine Mutter verließ währenddessen schon wort- und grußlos das Büro, mein Vater folgte ihr. Meine armen, ihres Hauptunglücksgegenstandes so sang- und klanglos enthobenen Eltern standen noch für eine Weile ratlos und unschlüssig auf dem Gehweg der Friedrich-Ebert-Straße herum, wo der Notar seine Kanzlei hatte. »Willst du gleich nach Hause oder möchtest du vielleicht noch irgendwo einen Kaffee trinken, jetzt, da wir ja schon mal unterwegs sind?«, fragte mein Vater, der nicht oft so früh am Tag mit meiner Mutter irgendwo war. »Wir können ja feiern.« »Ach, lass mich«, sagte meine Mutter matt, die von meinem Vater ganz selbstverständlich und ohne irgendeine Absicht oder Überlegung benutzte Formulierung »nach Hause« gab ihr plötzlich sehr zu denken. Meinen Eltern blieben für den Auszug nur noch wenige Wochen.

Von diesem Moment an erschien das HAUS in neuem Licht, was eigentlich untertrieben ist, es war ja keine Frage sich ändernder Beleuchtung, eine regelrechte Metamorphose hatte unser Haus heimgesucht. Seit dem Notarbesuch meiner Eltern war das Haus nicht mehr das HAUS, jedenfalls nicht mehr das mit dem idiotischen Grundriss, den teils überflüssigen und lachhaften Zimmern und dem seltsam geneigten Dach, nicht mehr das, das zu nah an der Straße stand, oder das, das keinen satisfaktionsfähigen Zugang zum Garten hatte, und erst recht nicht das, das nicht genug hermachte, das jede Art von Lebensfreude jahrelang im Keim erstickt, mit seinen aus dem Ruder laufenden Kosten uns alles genommen hatte. Als mein Vater an diesem Vormittag vor unserem Haus parkte, empfand meine Mutter zum ersten Mal so etwas wie Zärtlichkeit für das Haus, seufzend schloss sie die Tür auf.

Von allen lebensuntüchtig machenden Neigungen meiner Familie ist die hemmungslose Sentimentalität gegenüber allem, was wir in Begriff waren zu verlieren, die schlimmste. Wir waren ohne jegliche Vorwarnung in der Lage, etwas, das wir jahrzehntelang wortreich und ohne den geringsten Zweifel verdammt hatten, im Moment des Abschieds bis zur Besinnungslosigkeit zu lieben. Meine Mutter fing plötzlich an, verschiedene Bestandteile des Hauses zu loben, etwa die Terrasse, auch mir gegenüber am Telefon (»Weißt du, ich habe heute noch einmal auf der Terrasse gesessen ...«), auf der sie trotz allem doch die ein oder andere angenehme Stunde verbracht habe. Schon die Frequenz, mit der sie jetzt »noch einmal« sagte, war auffällig, sie schien überhaupt ständig »noch einmal« zu sagen und alle möglichen Dinge »noch einmal« zu tun, auf einmal wusste sie alles zu schätzen, den großzügigen Schnitt der Räume, den Lichteinfall durch ein bestimmtes Fenster zu einer bestimmten Tageszeit, die Freiheit, die man in einem Haus gegenüber einer Wohnung zweifelsfrei genieße, sie schwärmte auch von der besonderen Atmosphäre in unserem weihnachtlich dekorierten Haus. All das. Es sei ja nicht alles schlecht gewesen.

Außerdem herrschte in meiner Familie eine Urangst davor, eine größere Menge von Materie von einem Ort an einen anderen zu bewegen, wie es zum Beispiel auch bei Urlaubsreisen der Fall ist, überhaupt davor, irgendwohin aufzubrechen. Wir haben unsere Behausungen schon immer mit einer Attitüde verlassen, als seien wir zu einem Kriseneinsatz gerufen worden. Jeder Schritt durch die Haustür hatte etwas Finales, auf das man sich gebührend vorbereiten musste. Vor Urlaubsreisen fing meine Mutter schon Wochen vorher, gedanklich aber bereits Monate, an zu packen. Wenn wir verreisen wollten oder mussten, hatten wir nicht weniger als das Bild eines massiven Berges vor uns, den es abzutragen und irgendwie zu verpacken galt. Reisen mit dem Auto meiner Eltern habe ich als Kind nie anders angetreten als eingepfercht in einem Winkel der Rückbank, mit einer Steilwand aus Gepäck neben mir, das mein Vater mit großem Geschick vollkommen dicht aufgeschichtet hatte. Nie wäre ihm eingefallen, meine Mutter hinsichtlich der mitgenommenen Mengen zu maßregeln oder an ihren gesunden Menschenverstand zu appellieren, in dieser Sache waren sie sich immer einig. Nicht einmal drei Tage konnten meine Eltern wegfahren, ohne einen beträchtlichen Teil des Inhalts ihrer Kleiderschränke in ihre extragroßen Spezial-Koffer zu pressen. Dazu kamen unzählige kleinere Taschen, Tüten, gefüllt mit dem, wie meine Eltern sagten, Allernötigsten. Mein Vater nahm sicherheitshalber stets ein paar Aktenordner mit. Einige Kleidungsstücke, Reservemäntel, Anoraks wurden direkt auf dem Bügel ins Auto gehängt, bis die als Kleiderstangen benutzten Handgriffe kurz davor waren abzubrechen. Am Zielort angekommen, stellte meine Mutter sofort fest, genau das Falsche und eigentlich nur das Falsche eingepackt zu haben, in der Fremde zu sein ohne das nötige Rüstzeug, während das Richtige zu Hause geblieben war, wie immer. Auch mein Vater hatte die entscheidenden Dinge vergessen, wie er glaubte, und fing am Urlaubsort umgehend mit seinen Besorgungsfahrten an, in die Apotheke, zum Baumarkt etc. Meine Eltern hatten zwar oft Sehnsucht nach anderen Orten, aber waren sie dort angelangt, setzte in der Regel erst einmal eine große Ernüchterung ein.

Ungläubig und fasziniert bestaunten wir Leute, die leichten Herzens aufbrachen und nur mit wenigen Dingen reisten, die sie schnell und lässig und ohne großes Nachdenken in irgendein Behältnis warfen, wie eine eigene Spezies. Beneideten sie um ihre Leichtigkeit, wir, die wir uns immer für jede Notsituation, jede Kapriole des Wetters, jede gesellschaftliche Schwierigkeit glaubten rüsten zu müssen, wir, die wir uns immer unpassend fühlten, aber nicht von der Illusion trennen konnten, irgendwann doch passend zu sein. Noch exotischer erschienen uns die Menschen, die ihre Dinge in ein paar Kartons packten, einen Umzugswagen bestellten und ohne Sentimentalität ein neues Leben anfingen.

Das HAUS tatsächlich auszuräumen und zu verlassen, schien meinen Eltern als Aufgabe so übergroß, so unlösbar, dass sie anfangs nur mutlos durch die Zimmer gingen und immer neue Ecken entdeckten, in denen sich überraschende Konzentrationen von Materie befanden. Nachdem sie eine Weile gar nichts unternommen hatten, wie gelähmt die Zeit verstreichen lassen hatten, entwickelte sich zwischen meinen Eltern allmählich eine Art Stellungskrieg. Während sich meine Mutter von möglichst vielen Dingen befreien wollte, beschloss mein Vater, möglichst viele Möbel, Schriftstücke, Geschirrteile vor dem ewigen Verlust zu retten, auch wenn er sie Jahrzehnte nicht weiter beachtet hatte. Vieles von dem, was sie vormittags zur Vordertür hinaustrage und in den Mülleimer werfe, schimpfte meine Mutter am Telefon, werde von meinem Vater abends im Schutz der Dunkelheit wieder durch die Kellertür hineingeschafft. Ständig tauchten zudem aus irgendwelchen Winkeln des Dachbodens neue Kisten mit halb verrotteten Habseligkeiten auf, die sie schon lange für vernichtet gehalten habe. Was sie in diesen letzten Wochen mit meinem Vater erlebt habe, das könne man nie mehr auslöschen, es sei nie wieder gutzumachen, unverzeihlich, niemals könne sie es vergeben oder vergessen, es hätte ihr erst jetzt, so spät in ihrer Ehe, eine Vorstellung verschafft, wie es um das Ego meines Vaters stehe, wie stark dieses Ego ausgeprägt sei, so stark wie das seiner verrückten

Schwester. Genau genommen habe mein Vater von den mehr als dreihundert Quadratmetern Fläche des Hauses fast alles bewohnt, alle Zimmer habe er mit seinem Zeugs markiert, während sie sich auf bestenfalls vierzig Quadratmeter beschränkt habe.

Ein einziges Mal in dieser Zeit schöpfte ich Hoffnung. Die Stimme meiner Mutter am Telefon klang an diesem Tag fast zuversichtlich. Ganz beiläufig erwähnte sie irgendein »Team 4« oder »5«, das da gewesen sei und schon dies und jenes abgeholt habe, wirklich gute Leute seien das. In diesem Moment habe ich das Bild einer Elite-Eingreiftruppe vor Augen, so etwas wie die GSG 9, die auffallend großen und durchtrainierten Männer trugen sogar Helme und Waffen, ich war erstaunt und glücklich, dass meine Eltern es geschafft hatten, sich der Hilfe dieses Rettungskommandos, in Wirklichkeit vermutlich bloß ein gewöhnliches Umzugsunternehmen, zu versichern. Es war ein kurzer Moment tiefer Glückseligkeit. Ah, dachte ich, sie wissen sich also doch zu helfen. Danach ging es in unserem alten Haus nur noch bergab.

13

Vielleicht wäre das Scheißhaus, die Bruchbude, für meine Mutter gar kein so großer Schock gewesen, als wir es bezogen, hätten wir vorher nicht fast drei Jahre in einer Art Wohntraum – oder Albtraum, wie man es nimmt – zugebracht. In dieser Zeit lebten wir auf einem Anwesen, und diese hochgestochen klingende Bezeichnung ist nicht übertrieben, die eine moderne und nicht gerade subtile Adaption dessen war, was man damals sonst in amerikanischen Fernsehserien zu sehen bekam, unser Ausflug ins Neureiche.

Schon beim Betreten, eigentlich sogar schon, wenn man nur vor der Tür stand wie der Briefträger oder die in Kassel stets sehr eifrigen Lieferanten des Kirchengemeindebriefes zum Beispiel, war das Türkis des großen Swimmingpools zwischen den hellen Marmorpaneelen im Esszimmer nicht zu übersehen. Und es sollte ja auch gar nicht übersehen werden, der Architekt hatte das Haus genauso geplant, dass man immer zuerst das Glitzern des Wassers sah. Nur ich hoffte lange Zeit, es würde eines Tages durch irgendeine vorteilhafte optische Brechung weniger auffallen, man könne den Pool vielleicht irgendwie kaschieren. Wenn man von innen die Tür öffnete, schauten einem die Leute nicht ins Gesicht, sie schauten an einem vorbei beeindruckt und andächtig ins Innere, um möglichst noch mehr Einzelheiten der extravaganten Ausstattung zu erspähen.

Das Haus war nach der für Kasseler Verhältnisse spektakulären Scheidung der beiden früheren Besitzer, der Mann betrieb eins der wenigen ernst zu nehmenden Modegeschäfte und hatte sich in die Inhaberin des führenden Kasseler Eheanbahnungsinstituts verliebt, eine städtische Berühmtheit geworden, und eine Weile kamen bei uns immer wieder Leute zu Besuch, die nicht an uns Interesse hatten, sondern nur gern einmal das Haus in seiner Gänze besichtigen wollten. Dass wir es nicht gekauft hatten, sondern nur für ein paar Jahre gemietet, lag daran, dass uns jemand zuvorgekommen war. Ein Ärzteehepaar, das mit solcher Diskretion und so betont farblos auftrat, dass man sich fragen musste, über welche abseitigen Eigenschaften sie insgeheim verfügten, sich ein derartig protziges Haus zu kaufen. Der Mann jedenfalls hatte einen Professoren- und ein bis zwei Doktortitel, und meine Mutter forderte mich auf, ihn immer korrekt anzusprechen, mit all seinen Titeln in der richtigen Reihenfolge. Sie konnten aus ihrem alten Haus aus irgendeinem Grund nicht sofort ausziehen und vermieteten uns in der Zwischenzeit das neue. Aber vielleicht hatten sich die beiden Ärzte nur in den traumhaften Blick über eine riesige Wiese hin zum Wald verliebt, die »Rehwiesen«. Die romantischen Vorstellungen, die dieser Name hervorruft, sind nicht im Mindesten übertrieben, unsere Adresse lautete »An den Rehwiesen«, auch heute noch ist der Blick von oben über die Rehwiesen einer der schönsten der Stadt. Dort steht an einem kleinen Bach eine einzige große auffallend harmonisch geformte Weide mit filigranen Ästen, auch heute noch, und meine Mutter und ich schauten damals durch die große Glasfront des Wohnzimmers jeden Tag stundenlang auf diesen Baum, so kommt es mir vor, ich kann mich an das Aussehen dieses Baums zu jeder Jahreszeit, in jeder Lichtstimmung und bei jedem Wetter erinnern, und dieser Baum, auf den ich manchmal kletterte, war das einzige Lebewesen in dieser Umgebung, das es gut mit uns meinte. Die Einsamkeit, die in unserem ersten Kasseler Haus, dem Vororthaus, eine Art Sensation gewesen war, für mich etwas, das ich gar nicht kannte, für meine Mutter etwas, das sie ein glückliches Jahrzehnt lang nicht erlebt hatte, von dem sie aber hoffte, es sei nur ein Intermezzo, breitete sich auch im neuen Haus sofort mit Leichtigkeit und vollkommen selbstverständlich aus, um für immer zu bleiben.

Morgens, etwa zwanzig oder dreißig Minuten vor Schulbeginn, fuhr meine Mutter ihren schneeweißen Porsche aus der Garage, ich stand währenddessen auf einem alten Holzschlitten im Garageninneren, um an die beiden weit oben angebrachten Bedienungsknöpfe für das große Garagentor zu reichen, drückte sie und rannte los, während sich das Tor über mir langsam senkte. Ich passierte im Dauerlauf, inzwischen sogar rennend wie eine Gejagte, das sich ebenfalls schließende längliche Gartentor und schwang mich auf der Straße angekommen in den winzigen hinteren Teil des Autos. »Das ist doch nur ein Porsche-Verschnitt, ein 924er, kein richtiger Porsche, der Motor taugt nichts, das weiß doch fast jeder«, sagte meine Mutter mit ihrer rosafarbenen Baskenmütze am Steuer sitzend, noch ungeschminkt und deshalb blass und verwegen aussehend, wenn ich zum x-ten Mal fragte, ob es wirklich nötig sei, mit diesem Auto direkt bei der Schule vorzufahren, ob ich nicht vielleicht doch an einer Straßenecke in der Nähe aussteigen könnte, denn außer meiner Mutter käme keine der Mütter in einem Porsche. »Da ist doch nichts dabei.« Was sollte das eigentlich sein, der »Verschnitt« eines Autos? Auch bei unserem Swimmingpool war ja »nichts dabei«, »der gehört uns ja nicht einmal, das Haus ist doch bloß gemietet«. Seit wir in diesem Haus wohnten, war ich offiziell die Tochter von Bonzen. »Deine Eltern sind richtige Bonzen«, wurde ich von meinen Schulkameraden informiert, tatsächlich informiert, denn erstens wusste ich nicht, was dieses ungut klingende Wort bedeutete, ich hatte es noch nie gehört, und es war mir außerdem neu, dass es für Leute wie meine Eltern eine Bezeichnung gab, die offenbar jedes Kind kannte.

Ungefähr fünf Minuten später hielt der schneeweiße Porsche in der Ahnatalstraße vor dem Fachwerkhaus, in dem meine Freundin Sandi wohnte, es war eins der wenigen übrig gebliebenen Fachwerkhäuser in Kassel, fast vierhundert Jahre hatte es fünf Kilometer entfernt in der Kasseler Altstadt gestanden und war von Sandis Urgroßeltern Anfang des zwanzigsten Jahrhunderts gekauft, abmontiert und an seinem heutigen Standort wieder aufgebaut worden, seitdem hatten Generationen von Familienmitgliedern daran herumgewerkelt. Sandis Mutter, zumindest ihr Oberkörper, lehnte zu dieser Uhrzeit immer schon aus dem Küchenfenster im ersten Stock, um nach dem Auto meiner Mutter Ausschau zu halten, manchmal so weit, dass man sich Sorgen machen musste, und kurze Zeit später kam Sandi durch die Haustür, eher langsam als eilig.

Manchmal kommt mir mein bildliches Gedächtnis sehr schlecht vor, aber an Sandis Aussehen und Aufmachung in dieser Zeit kann ich mich noch gut erinnern, sie war etwa fünfzehn Zentimeter größer als ich, als wir uns kennenlernten, ich war damals zwölf und sie schon dreizehn, ich war die Kleinste in der Klasse, sie eine der Größten und Sportlichsten. Im Sommer trug sie pastellfarbene Baumwolljacken, im Winter einen roten Wollmantel, darauf ergossen sich große Mengen brauner, welliger Haare, die fast immer offen waren, wie ein Umhang oder ein Zelt um ihr blasses Gesicht. Es war für meine Begriffe fast eine richtige Frau, die im Auto neben meiner Mutter Platz nahm, quasi eine jüngere Schwester meiner Mutter, nicht weil sie sich in irgendeiner Weise ähnlich gesehen hätten, gar nicht, sondern weil sie in einer ähnlichen Stimmlage und etwa auf Augenhöhe miteinander sprachen, zwei Amazonen im vorderen Teil des Autos und dahinter ich, das Kind. Das Wichtigste: Sandi war immer schon unbestechlich und schien all die Dinge, die mich nervös machten, nicht zu sehen oder zu bemerken, das Auto nicht und auch nicht meine oftmals neue Kleidung, wegen der ich mich vor der Schule im Auto sicherheitshalber schon a priori schämte, gleich im Klassenzimmer würde sich ohnehin wieder jemand über mich lustig machen. Hätten wir mit einem Hubschrauber oder einem Panzer vor ihrer Tür gewartet, Sandi wäre genauso gleichmütig und gelassen eingestiegen, ohne irgendeinen Kommentar, ohne ein Zeichen der Verwunderung, wie sie in das Auto meiner Mutter einstieg, sie hätte einfach, als hätte sie schon eine Weile dafür trainiert und als sei jetzt der Moment gekommen, das Gelernte abzurufen, elegant den Panzer erklommen, sie wäre zu dem Hubschrauber gerannt, in der angebrachten geduckten Haltung, ohne eine Miene zu verziehen, und hätte sich, ohne lange zu fackeln, die obligatorischen Ohrenschützer übergestreift, und mit dieser ihr sehr eigenen Selbstverständlichkeitsmethode, die sie von wer weiß woher hatte, vielleicht von ihrem Vater, machte sie mir damals auch unser angeberisches Schwimmbad vertraut und hinnehmbar, sie nahm dort Bäder, als sei sie noch nie woanders geschwommen als in privaten Pools, und als ich mehr als ein Jahrzehnt später in einem überteuerten New Yorker Hotel heiratete und sie meine Trauzeugin war, sagte sie nicht etwa, was jeder andere gesagt hätte, »eine Nummer kleiner wäre es aber auch gegangen«, sie war so gleichmütig und selbstverständlich wie immer. Schon als ich sie am JFK-Flughafen abholte und sie zum ersten Mal amerikanischen Boden betrat, war sie vollkommen unbeeindruckt, nur nachts, da habe sie fast gar nicht geschlafen, erzählte sie mir später, da habe sie stundenlang am Fenster gestanden und all die Lichter Manhattans angeschaut, aber tagsüber geradezu stoisch, der Fels in der Brandung, den sich jeder Mensch wünscht, als begleite sie ständig hypernervöse Leute zu wichtigen Anlässen, in die Schule, zum Altar, wohin auch immer.

Nur das ruhige Einsteigen von Sandi, fast in Zeitlupe, vermochte das mir peinliche Auto meiner Mutter für eine Weile in etwas anderes zu verwandeln, in etwas Gewöhnliches. Als ich Sandi zu Beginn der siebten

Klasse kennenlernte, war ich damit offiziell gerettet, so habe ich das auch damals immer gesehen. Ich hatte das Schlimmste also hinter mir, die Zeit, die zwischen dem Moment lag, als ich mich von meiner Grundschulklasse in Weinheim an der Bergstraße verabschieden musste, mein Vater hatte mich ein paar Tage vor Ende meines vierten Schuljahres vormittags abgeholt, meine Klassenkameraden winkten mir aus dem Fenster im ersten Stock hinterher, und dem Moment, als ich zur siebten Klasse gerade wieder die Schule gewechselt hatte und Sandi sich nach einer Weile meiner annahm. Dazwischen lagen zwei Jahre, in denen ich die meiste Zeit so einsam war und mich für meine Einsamkeit so sehr schämte, dass ich schließlich krank wurde. Monatelang blieb ich damals wegen eines mysteriösen Hustens zu Hause, kein Arzt konnte die Ursache finden, doch ich hustete tage- und nächtelang fast unaufhörlich. Nach den Sommerferien gaben mich meine Eltern auf eine neue Schule, wo ich endlich Sandi traf. Die Frage, ob ein einziger Mensch ausreicht, um einen anderen zu stabilisieren, kann ich nur mit »Ja« beantworten.

14

Obwohl eigentlich niemand von uns das Haus an den Rehwiesen besonders gemocht hatte, markierte der Umzug in das HAUS für meine Eltern einen Abstieg, vielleicht waren sie sich ihres Gefühls nicht richtig bewusst, aber schon die Umgebung, in der es sich befand, war, obwohl im selben Viertel, eigentlich nur ein paar Straßen entfernt, eine Verschlechterung. Das HAUS wurde in den großen Garten eines Mietshauses aus den Fünfzigerjahren gebaut, das meiner Großmutter väterlicherseits, der zweiten Frau des Vaters meines Vaters, gehörte, genau genommen war sie meine Stiefgroßmutter. Wie mein Vater es geschafft hatte, seine Stiefmutter dazu zu bewegen, ihn in diesen Garten ein Haus bauen zu lassen, ist bis heute ein Geheimnis. Ich habe auch nie verstanden, warum er es denn wollte, ja wie er überhaupt auf diese Idee gekommen ist. Es muss allerdings ausgesprochen schwierig gewesen sein, denn meine Großmutter väterlicherseits trennte sich nie freiwillig von etwas. Genau genommen trennte sie sich auch nicht von ihrem Grundstück: Uns gehörte das Haus, aber ihr gehörte weiterhin der Grund und Boden, auf dem es stand.

Ohne dass es wirkliche Beweise dafür gab, wurde meine Großmutter von ihrer Umgebung für unermesslich reich gehalten. Es gab zwar Anhaltspunkte für großen materiellen Wohlstand, auch durchaus Sichtbares, ihr gehörten verschiedene größere Immobilien, darunter ein Gasthaus mit einer Kegelbahn, auch verschiedene unbebaute Grundstücke, aber alles in leicht heruntergekommenem Zustand. Ich drücke mich so vage aus, weil meine Großmutter nie jemandem Einblick in ihre finanziellen Angelegenheiten gewährte, sie war die diskreteste Person, die ich kannte. Erst als Erwachsene habe ich alle Zimmer ihrer Wohnung betreten. Ich habe sie in meiner Kindheit nur verstohlen in diese Zimmer gehen sehen, sie schloss mit großer Geschicklichkeit die Tür so schnell hinter sich, dass es mir nur in seltenen Fällen gelang, kurz hineinzuschauen. Seltsamerweise kehrte sie immer mit dem zurück, was sie vorher angekündigt hatte, meistens Bastelutensilien, denn sie war eine passionierte Herstellerin von kleinen Dingen, und ich fand schon damals, dass sie einen phänomenalen Überblick über ihre Besitztümer haben musste. Ich stellte mir vor, wie sie sich von innen an die geschlossene Tür presste, erleichtert ausatmend, weil sie es mal wieder geschafft hatte, ihre Habe – und damit auch sich – vor der Zudringlichkeit der Welt zu schützen. Nie in der Zeit meiner Kindheit stand eine dieser Türen offen, ich war es gewöhnt, an mindestens drei verschlossenen Türen vorbei direkt in das geöffnete Wohnzimmer zu gehen, nie wäre denkbar gewesen, auch für mich als kleines Kind nicht, einen der Räume spontan zu betreten, vielleicht beim Spielen. Immer war nur das kleine Wohnzimmer geöffnet, mit der beigefarbenen Polstergarnitur und dem Teewagen, auch das angrenzende große Esszimmer, wo auch noch dreißig Jahre nach seinem Tod die aufwendige Tonbandanlage meines Großvaters stand, war meistens verschlossen, und ich habe es als Kind lange Zeit für möglich gehalten, wenn sich das Tageslicht hinter der Glastür veränderte und es so aussah, als bewege sich dort etwas, mein toter Großvater halte sich dort verborgen, er sei doch noch am Leben – oder zumindest in einer Art Zwischenreich.

In dieser vollgestopften Wohnung, in der man Tapetenproben aus den Sechzigerjahren und Taschenkalender seit dem Jahr 1900 finden konnte, lebte meine Großmutter mit meinem Großvater, einem legendären Unordentlichmacher und gutmütigen, aber leicht zu beleidigenden Choleriker, für kurze, vermutlich in ihrer völligen Harmonie rauschhafte zwölf Jahre, bis mein Großvater starb.

Der Wohlstand meiner Großmutter väterlicherseits stand aber in keinem Verhältnis zu der Anzahl von

Menschen, die davon träumte oder fest damit rechnete, sie eines Tages zu beerben. Meine Großmutter hatte keine leiblichen Kinder, weshalb ganze Generationen einzelner Zweige ihrer großen Verwandtschaft ihr Leben damit zubrachten, auf ihren Tod zu warten. Starb jemand über dieser Beschäftigung – und das taten durch die Jahrzehnte viele –, wurde sie so selbstverständlich von Kindern und Kindeskindern übernommen, als seien sie schon lange auf diesen Schritt vorbereitet worden. Es ging offenbar nicht darum, dass ein Individuum etwas erben sollte, sondern nur darum, die Geldströme in Richtung des eigenen Familienzweigs zu lotsen.

Meine Großmutter schien von dem Umstand, dass ihr Tod von so vielen Menschen sehnsüchtig erwartet wurde, belebt und geradezu imprägniert gegen ernsthafte körperliche Malaisen, vielleicht ahnte sie aber auch gar nichts davon. Das Verhalten ihrer Verwandten ähnelte in seiner Zwanghaftigkeit dem eines Spielsüchtigen, der beim Roulette immer auf dieselbe Zahl setzt und nicht wagt, sich vom Spieltisch zu entfernen, weil er weiß, dass die gewünschte Zahl dann sofort an die Reihe kommt und dass er schon viel zu lange auf diese eine Zahl gesetzt hat, um plötzlich damit aufzuhören.

Die Verwandten wagten also nicht, all die Einladungen meiner Großmutter zu Kegelrunden und zu ihren Geburtstagsfeiern abzusagen, nur meine Mutter ließ sich fast jedes Jahr mit immer phantasieloser werdenden Ausreden entschuldigen. Jeder Gast meiner Großmutter väterlicherseits hatte unzählige Male die von ihr persönlich moderierte Diashow über ihr Leben und vor allem Wirken – tatsächlich sagte meine Großmutter immer »Wirken«, nie Arbeit, wie das Wirken eines Heiligen in der Bibel – als Leiterin einer großen Kindertagesstätte über sich ergehen lassen und würden das auch weiterhin tun. Sie fürchteten vielleicht, dass einmaliges Fernbleiben sofort mit einem Verweis von der Liste der Günstlinge geahndet und der für sie vermutlich vorgesehene Geldbetrag sofort an konkurrierende Familienmitglieder oder – noch schlimmer – an die evangelische Kirche fallen würde. Sie malten sich vermutlich folgendes Szenario aus: dass nach der Ächtung umgehend der Erbfall einträfe, dass also meine Großmutter sie gerade noch aus dem Kreis der Günstlinge verbannen würde und sofort danach stürbe, und dass all die anderen Verwandten, die vielleicht nur einmal mehr die Diashow gesehen hatte, über sie triumphieren würden.

Dass meine Großmutter sich manchmal so kleidete, als sei sie auf milde Gaben und ein Mittagessen in der Suppenküche einer kirchlichen Einrichtung angewiesen, trug nur zum Mythos ihrer sagenhaften Reichtümer bei. Nur jemand, der wirklich vermögend wäre, würde sich trauen, sich so anzuziehen, glaubten die Leute.

15

An mehreren Tagen in jedem Herbst kam meine Großmutter väterlicherseits, begleitet von einer aus ihrer Verwandtschaft rekrutierten Mannschaft von Helfern, zum »Äpfelabmachen« in den Garten ihres Mietshauses, der nun an unseren Garten grenzte. An diesen Tagen sah man achtzigjährige Männer in den sich sanft hin und her bewegenden Baumwipfeln herumklettern, sie griffen, einem letzten Aufflackern ihrer Virilität gehorchend, während sie auf morschen Leitern standen, auch nach den entferntesten Äpfeln.

Die kleinen, sauren Äpfel aus diesem Garten wurden in der Verwandtschaft, obwohl dafür nichts sprach, für vitalitätsfördernd und lebensverlängernd gehalten und von den Teilnehmern der Ernte wie ein Schatz den ganzen Winter in einem Kellerraum gelagert und nach und nach verzehrt. Hätten die Äpfel tatsächlich die Kräfte besessen, die man ihnen zuschrieb, dann hätte meine Großmutter allerdings die Mitglieder der Erntemannschaft nicht ständig austauschen beziehungsweise ersetzen müssen, weil sie starben. Meine Großmutter als

Anführerin blieb und musste immer wieder neue Freiwillige in die Abläufe des Apfelabmachens einweisen.

Meine Mutter beobachtete das Ritual der Apfelernte immer vom Schlafzimmerfenster im ersten Stock aus, unter den halb geschlossenen Rollläden hinausspähend, sie betrachtete es als offene Provokation, als Geste, die einer Militärparade im ehemaligen Ostblock gleichkam. »Sieh mal, sie sind schon wieder da«, sagte sie zu mir, als wäre es viel weniger als genau ein Jahr her, dass sie das mitansehen musste, als kämen sie jetzt alle zwei Wochen, um ihre Präsenz zu zeigen. Die Truppe der in beigefarbene Anoraks gekleideten Rentner, die emsig die Apfelkörbe in ihre beigefarbenen Autos luden, war für meine Mutter ein Symbol für ihr verpfuschtes Leben ebenso wie unser Haus. Was war das Leben schon wert, wenn man sich selbst in eine Situation gebracht hatte, in der man so etwas ertragen musste?

Manchmal schien es, als blickte meine Großmutter väterlicherseits, die bei solchen Gelegenheiten nie einfach so bei uns geklingelt hätte, düster über den Zaun zu unserem Haus, das ihr immer zu modern und zu weiß gewesen war, manchmal war es, als schaute sie lieber gar nicht erst hin. Vielleicht dachte sie an all die Obstbäume, die gefällt werden mussten, als unser Haus gebaut wurde.

Dass jemand spontan vorbeikam, dafür war unser Haus nicht gedacht. Die Angewohnheit mancher Menschen, ohne Vorankündigung oder Einladung die Klingelknöpfe fremder Leute zu betätigen, kam meinen Eltern vor wie eine extravagante Form von Verrücktheit. Wenn es von Zeit zu Zeit dazu kam, ergab sich immer der gleiche Ablauf. Eine Welle von Ungläubigkeit ging durch das Haus, jeder blieb stehen, wo er gerade war. Einer von uns drei erkundete, ob hinter der Milchglasscheibe am Eingang eine Silhouette zu erkennen sei. »Wer kann das sein?«, flüsterte meine Mutter. Natürlich wusste es niemand. Was sie wirklich meinte, war: Wer in aller Welt tut so was? Hätte meine Großmutter väterlicherseits damals tatsächlich bei einem ihrer Ernte-Einsätze vor unserer Tür gestanden, dann hätte dort nicht die ältere, wenn nicht alte Frau gestanden, die sie natürlich war, sondern ein Monument der Verweigerung, jemand, der nach außen so etwas wie eine Mutter darstellte, aber in den Augen meiner Eltern jede Form von Wärme, Trost und Nachsicht verweigerte. Auf beiden Seiten meiner Familie wurde lange Zeit mit einer Intensität »Mama« geschrien, die ans Pathologische grenzt, vor allem von den Erwachsenen. Von den Müttern erhofften sich aus irgendeinem Grund alle Rettung und Erlösung, eigentlich bis heute.

Von meiner Mutter und ihrem Mutterkomplex will ich gar nicht erst sprechen. Aber die andere Seite der Familie, die Familie meines Vaters, das ist mir erst jetzt aufgefallen, war mindestens genauso mutterfixiert.

Meine Tante, die ältere Schwester meines Vaters, war über zwanzig, als ihre leibliche Mutter starb. Sie hatte ihre Mutter sehr geliebt, zögerte aber nicht, die zweite Frau ihres Vaters wenige Jahre später auch »Mutti« zu nennen. Auch ihr Mann, der nur vierzehn Jahre jünger war als meine Großmutter, nannte sie sofort so, mein Vater ebenfalls. Es ist gut möglich, dass sie alle meinem Großvater einen Gefallen tun wollten, wahrscheinlicher aber scheint mir inzwischen ein ausgeprägter Mutterkomplex. Heute kommt es mir verrückt vor, eine kinderlose Frau wie meine Großmutter, die vielleicht nie eigene Kinder gewollt hatte, die sich als berufstätige Frau immer ausreichend ausgefüllt fühlte, auch wenn sie das nie zugegeben hätte, sie begründete ihre Kinderlosigkeit immer mit dem Zweiten Weltkrieg und dem sich daraus ergebenden Mangel an infrage kommenden Männern, per spontanem Beschluss so spät im Leben zur Mutter zu machen. Niemand dachte darüber nach, ob meine Großmutter dieser späten Mutterschaft überhaupt gewachsen war, noch nicht einmal sie selbst. Ihr Stiefsohn, also mein Vater, der damals noch studierte, war nicht weiter ein Problem, aber ihre Stieftochter, meine Tante, muss um diese Zeit zum ersten Mal für längere Zeit in der Psychiatrie gewesen sein, wo sie als bipolar, als manisch-depressiv, diagnostiziert wurde, mit der Tendenz, die meiste Zeit manisch und gefühlsselig zu sein. Vielleicht aber war diese Diagnose damals noch gar nicht so bekannt wie heute, das Krankheitsbild existierte natürlich, aber die Diagnose war diffus, die Leute konnten sich darunter nichts vorstellen. Meine Tante kam also als offiziell Verrücktgewordene aus der Klinik zurück, mit schweren Medikamenten ruhiggestellt, und stürzte sich in die Arme ihrer Stiefmutter, die sie von nun an grenzenlos bewunderte.

Als meine Mutter dann wenige Jahre später meinen Vater heiratete und seine Stiefmutter damit ihre Schwiegermutter war, wurde die Situation immer vertrackter. Meine Mutter hatte ihre neue Schwiegermutter nämlich bereits in ihrer Kindheit gekannt, hatte sie dann aber mehr als fünfzehn Jahre nicht mehr gesehen. Die Tatsache, dass sie meiner Mutter schon früh vom Schicksal vor die Nase gehalten worden war, vielleicht als Drohung oder als schlichte Ankündigung, um sich dann später auf ewig in ihrem Leben zu etablieren, betrachtete meine Mutter als weiteren Hinweis darauf, dass das Leben sie schon immer auf dem Kieker gehabt habe. Meine Großmutter väterlicherseits und ihr mehrmaliges Auftauchen im Leben meiner Mutter ist Teil ihres Unglücksmythos.

Als kleines Mädchen ging meine Mutter nämlich täglich in die von meiner Großmutter geleitete Kindertagesstätte, nicht ahnend, dass sie später mit ihr verwandt sein würde. Dort führte meine Großmutter eine allgemein geachtete Existenz als »Tante Änne«. Die Erzieherinnen wurden damals in den späten Vierzigerjahren noch als »Tanten« bezeichnet, das galt allgemein als guter Ton. »Tante Änne« sei damals aber auch gefürchtet gewesen, sagte meine Mutter, nicht wegen irgendwelcher Grausamkeiten, sondern wegen einer Mischung aus Künstlichkeit und Undurchdringbarkeit. Ich konnte mir vorstellen, wovon sie sprach. Bis ins hohe Alter konnte meine Großmutter väterlicherseits in Anwesenheit anderer so lange und so tief schweigen, dass auch die größten Geheimniskrämer auf ihrem Sofa, während ein Tellerchen mit von meiner Großmutter gebackenen Plätzchen vor ihnen stand, sich um Kopf und Kragen redeten, alles Mögliche preisgaben, Dinge, die ihnen schon immer peinlich waren, nur weil sie das Schweigen nicht mehr ertragen konnten, meine Großmutter schaute sie währenddessen zugleich opak und forschend an.

Die damals offiziell von mit kleinen Kindern umgehenden Personen verlangte Dauerfröhlichkeit, diese spezielle Kindergarten-Lustigkeit, die gar nicht zum ernsthaften Wesen meiner Großmutter passte, sei bei ihr so überdurchschnittlich künstlich ausgefallen, dass viele kleine Kinder in ihrer Kindertagesstätte sie gefürchtet hätten, sagte meine Mutter, aber nicht genau hätten sagen können, warum eigentlich. Meine Mutter ging zusammen mit ihrem Freund Heinzel, Heinz Sonnemann, in den Kindergarten und später als Schulkinder in den dazugehörigen Hort, und beide, meine Mutter beteuerte immer wieder, Heinzel habe das genauso wie sie empfunden, wenn nicht noch stärker, hätten sich während all dieser Jahre ein bisschen vor »Tante Änne« gefürchtet und immer davor Angst gehabt, in die von ihr geleitete Gruppe strafversetzt zu werden, zum Beispiel wenn meine schon damals aufrührerische Mutter Heinzel zu kleinen Verstößen gegen die Kindergartenordnung angestiftet hatte. »Das musst du dir mal vorstellen, diese Frau, die der Schrecken des ganzen Kindergartens war, und des ganzen Kinderhorts, stell dir vor, so viele Kinder, Hunderte von Kindern, vielleicht sogar Tausende«, meine Mutter überschlug im Kopf kurz die Anzahl von Kindern, die in der mehr als dreißig Jahre umfassenden Dienstzeit meiner Großmutter jeweils ein paar Jahre in ihrer Obhut zugebracht hatten, »und ausgerechnet mich, als einzige von Tausenden ehemaliger Kinder, begleitet sie jetzt schon mein ganzes Leben.« Man merkte, dass sich meine Mutter, während sie sprach, die Legionen unschuldiger Kinder tatsächlich vorstellte, deren Leben vom dunklen Atem meiner Großmutter gestreift worden war, sie standen wie kleine Soldaten und Soldatinnen aufgereiht, gekleidet nach der Mode ihrer Kinderzeit, meine Mutter also in einem Hängerchen mit Falten, oben gesmokt, ihre hellen Haare reichten bis zur Schulter, neben ihr

Heinzel, für sein Alter ein bisschen zu klein. Plötzlich ein Suchscheinwerfer, langsam fährt er zwischen den Kindern hin und her, irrt scheinbar planlos herum, beleuchtet die kleinen Gesichter, die Kinder kneifen die Augen zu oder halten sich schützend die Hände vors Gesicht, aber der Scheinwerfer irrt gar nicht, er sucht jemanden. Da wird meiner Mutter, etwa fünf Jahre alt, klar, dass sie gemeint ist, natürlich. Sie, das einzige, meistens unbeachtete und daher, wie sie glaubt, ungeliebte Kind ihrer Eltern. All das Unglück war selbstverständlich für sie bestimmt. »Nur ein paar Jahre lang hatte ich Pause von meiner Schwiegermutter, nur für ein paar Jahre kam sie in meinem Leben nicht vor. Darüber kann man doch nur verrückt werden. Eigentlich ist meine Schwiegermutter die einzige wahre Konstante meines Lebens, so sieht es aus. Kannst du nicht endlich einsehen, dass ich niemals eine Chance hatte?«

16

Der Umzug, oder besser gesagt der Auszug, denn das Wohin interessierte meine Eltern ja in diesem Moment gar nicht, kam immer näher, und meine Mutter schritt jeden Tag aufs Neue ihre Schränke ab, vormittags kurz nach dem Aufstehen, noch bevor sie meinen Vater überhaupt zum ersten Mal am Tag zu Gesicht bekommen hatte. Die Einbauschränke reichten von ihrem Schlafzimmer in einer langen Reihe bis in die Ankleide. Vollkommen empört über das Ausmaß der Inhalte, die ja größtenteils ihr und niemandem sonst gehörten, abgesehen von Bettwäsche und Handtüchern, dem Allgemeineigentum, stieß sie einen Schrei aus oder ein tiefes Stöhnen, manchmal auch ein leichtes, dafür aber länger andauerndes Wimmern. Am liebsten hätte sie auf der Stelle mit großen expressiven Bewegungen, die ihr in ihrer augenblicklichen seelischen Verfassung sicher gutgetan hätten, alles aus den widerlichen Schränken gefegt und am besten die Schränke gleich mit von den Wänden gerissen. Unter Aufbietung all ihrer so kurz nach dem Erwachen, eigentlich kein wirkliches Erwachen, denn die Nacht war natürlich fast schlaflos gewesen, zur Verfügung stehender Contenance warf meine Mutter die Schranktüren wieder zu. Das ganze Zeugs war der Untergang und musste weg, das stand fest. Sie ging zum Fenster, zog die Rollläden hoch, allerdings nicht ganz, und riskierte einen Blick auf das Wetter, schon wieder strahlender Sonnenschein anstatt des erhofften grauen Himmels oder leichten Regens, wann eigentlich hatte sich das fürchterliche Nordhessen wettermäßig in eine Art Kalifornien verwandelt? Die unverblümt scheinende Sonne war für meine Mutter die zweite Ohrfeige des Tages.

Mein Vater saß zur selben Zeit in der Küche, geografisch betrachtet genau unter ihr, dieselben Koordinaten, nur ein Stockwerk tiefer, und versuchte, bevor meine Mutter in ihrem blaugrün karierten Flanellbademantel die Treppe herunterkam und es bemerken konnte, möglichst große Mengen von seinem tiefschwarzen Kaffeegebräu in sich aufzunehmen, ebenso möglichst viel fettigen und/oder fleischhaltigen Brotbelag samt Brötchen zu vertilgen, und danach dilettantisch die Spuren zu verwischen, bevor er für den Rest des Tages die Illusion einer partiell ausgewogenen Ernährung simulierte.

Mein Vater hatte bereits verschiedene Orte ausgekundschaftet, die seine Dinge aufnehmen konnten, darunter der Dachboden des Mietshauses seiner Stiefmutter und der kleine Raum über der Garage ihres Wohnhauses. Jeden Tag lud er kleine Kisten in sein Auto und deponierte sie an einem der Orte. Obwohl er, wie ihm ja klar sein musste, gegen die Zeit arbeitete, nahm er nie mehr als zwei Kisten oder größere Gegenstände mit, er wäre niemals mit einem vollgeladenen Auto losgefahren, um die Anzahl der Fahrten zu reduzieren, warum, ist mir ein Rätsel. Alles sollte offenbar ruhig vonstattengehen, mit möglichst vielen Wiederholungen des gleichen Vorgangs. Als er nach seiner ersten Tour die Tür aufschloss – heute ein großer, besonders schwerer Karton mit der Stereoanlage aus den frühen Siebzigerjahren, die an der prominenten Stelle im Wohnzimmer schon vor langer Zeit einer moderneren hatte weichen müssen, auf das Äußere der Kiste hatte mein Vater mit seinen großen geraden Buchstaben »Braun« geschrieben, das Fabrikat, und das aktuelle Datum, so als ginge es darum, etwas einzufrieren, »Braun 10.09.2012« –, rief ihm meine Mutter von oben bereits das Wort »Container« entgegen, ob er denn den Müllcontainer schon bestellt habe. Der Container war zu dieser Zeit eins der größeren Probleme meines Vaters, dessen Notwendigkeit hatte er zwar eingesehen, aber er hatte fast physische Angst davor. Hatte man nämlich diese Art von gefräßigem Schlund erst einmal auf dem Grundstück, dann führte eins zum anderen, unvermeidlich, dann würde der Schlund anfangen, alles Mögliche irreversibel zu verspeisen, und es wäre schwierig, es ihm wieder zu entreißen. Mein Vater wollte also die Ankunft des Containers, solange es nur irgend ging, aufschieben. Deshalb murmelte er ein paar Namen, die meine Mutter, ohne dass er es explizit sagte, mit Container liefernden Unternehmen in Verbindung bringen sollte, beziehungsweise mit Leuten, die dort arbeiteten, er sagte etwas von »dienstags nicht im Büro« und »Angebot per Mail«, »Anhang nicht öffnen können«, »später noch mal versuchen«, »habe den Herrn Carl vorhin nicht erreicht«, das alles nicht besonders geschickt. Ich selbst bin eine um Längen, vielleicht sogar um Welten bessere Notlügnerin und kann mir in solchen Momenten nicht erklären, wie mein Vater und ich verwandt sein können, wie man auf diesem Gebiet so wenig Talent oder Geschick haben kann, wenn man gleichzeitig so sehr darauf angewiesen ist. Meine Mutter sollte doch bloß den unbestimmten Eindruck gewinnen, die Sache sei im Gange, was sie aber natürlich nicht war.

17

Eine der vielen Überraschungen nach unserer Rückkehr aus dem Süden war die plötzliche extreme Religiosität der väterlichen Seite meiner Familie gewesen. Meinen Eltern muss es damals so vorgekommen sein, als hätten sich in ihrer Abwesenheit meine Großmutter, meine Tante und mein Onkel gegenseitig in ihrem Protestantismus radikalisiert, als hätten sie so etwas wie eine ultraevangelische Zelle gebildet, deren bedingungsloses Streben darin lag, ein gottgefälliges Leben zu führen und auch andere für die Sache ihres Glaubens zu gewinnen. Bei den Zusammenkünften der Familie an Feiertagen oder zu Familienfesten kamen sie stets gerade aus der Kirche oder waren quasi auf dem Weg dorthin, informierten uns knapp über den Stand der Dinge in der von meinen Eltern und mir dafür umso entschlossener gemiedenen Kirchengemeinde.

Vorher seien sie jeder für sich bloß regelmäßige, aber im Grunde harmlose und moderate Kirchgänger gewesen, sagte mein Vater. In seiner Jugend, als seine leibliche

Mutter noch lebte, sei seine Familie zwar fromm gewesen, aber es habe sich eher um eine praktizierte Alltagsfrömmigkeit gehandelt, seine Mutter habe zum Beispiel am Sonntag wildfremde Leute, die ihr einsam oder planlos unterwegs zu sein schienen, über den Zaun rufend an die lange Kaffeetafel im Garten eingeladen, so hätten er und seine Schwester auch gelernt, mit beliebigen Menschen ein zwangloses Gespräch anzufangen, aber dieses ständige In-die-Kirche-Rennen, dieses ständige Erwähnen und Hervorheben der Gemeinde, als sei das der einzige Kosmos, auf den es ankam, das habe sich erst viel später, nach dem Tod seines Vaters, eingestellt und konnte sich auch erst nach seinem Tod einstellen, das alles hätte sein Vater nämlich auf diese fanatische Art und Weise niemals mitgemacht, er habe die demonstrativ Frommen immer für Heuchler gehalten. Auch habe sein Vater immer Freude an schönen Dingen gehabt, im Gegensatz zu seiner zweiten Ehefrau sei er sogar ziemlich materialistisch gewesen, habe ständig neue Autos, Fotoapparate und alle möglichen anderen technischen Gerätschaften angeschafft, immer viel Geld ausgegeben. Aus irgendeinem Grund ließ ihn seine zweite Frau gewähren, hatte sogar Freude an seiner Freude, auch die kleine Ferienwohnung in Bad Reichenhall wurde in dieser Zeit gekauft. Doch nach dem Tod meines Großvaters, den meine Großmutter nur schwer verkraftete, fiel sie, was ihre Religiosität betraf, anders ist alles nicht zu erklären, in ein Kindheitsstadium zurück. Sie habe ja auch am Tag ihrer Konfirmation geglaubt, sie gehe die Ehe mit Jesus ein, sagte meine Mutter, das habe sie ihr schon mehrmals erzählt. »Da hat sie aber doch wohl etwas missverstanden«, entgegnete ich, »sie wurde doch bloß konfirmiert und nicht zur Nonne geweiht.« »Ja, leider«, meine Mutter nickte, »hätte sie das mal nur getan und wäre Nonne geworden, uns wäre viel erspart geblieben.« Ohne meinen Großvater, das Regulativ, kam es zwischen meiner Großmutter und meiner Tante und ihrem Mann zu der fatalen religiösen Dreierkonstellation, die meine Eltern so erschreckte. Bildete die tiefe und strenge Religiosität meiner Großmutter väterlicherseits so etwas wie das Fundament, war mein Onkel ein allgemeiner und in gewisser Hinsicht wahlloser Verstärker, der jahrzehntelang im Kirchenvorstand war, so brachte meine Tante etwas Euphorisch-Schwärmerisches in diesen Zusammenschluss, etwas, das, wie immer bei ihr, keine Grenzen kannte.

18

Heute ist es mir ohne Weiteres möglich, Seite um Seite über meine Tante zu füllen, aber als sie noch lebte, habe ich sie gemieden, wo es nur ging, und das, obwohl ich sie eigentlich gernhatte. Ihr aus dem Weg zu gehen, war aber gar nicht so einfach, denn sie wohnte bloß ein paar Hundert Meter von unserem HAUS entfernt, man konnte ihr täglich irgendwo begegnen. Was meine Eltern und mich betraf, war sie dauerbeleidigt, weil wir uns trotz der Nähe so selten bei ihr blicken ließen oder sie zu uns einluden.

Am meisten fürchtete ich ihre vielen Briefe. Meine Tante war eine berüchtigte Briefschreiberin, ihre Briefe waren so erfüllt von gutem Willen, Wohlgesinntheit und edlen Absichten, dass es mir immer ganz eng ums Herz wurde, weil sie und all das von ihr schriftlich Dargelegte so gut und moralisch waren und ich selbst im Vergleich so schlecht. Die meisten ihrer langen Briefe an mich, und es waren über die Jahrzehnte sicher mehr als zweihundert, habe ich bestenfalls überflogen. Immer wenn ich ein von ihr beschriftetes Kuvert aus dem

Briefkasten geholt hatte, derselbe Ärger über mich selbst, als wäre ich in eine vermeidbare Falle getappt. Ohne es zu öffnen, sah ich die vielen, ebenmäßigen Zeilen zarter, leicht zittriger Buchstaben in dunkelblauer Tinte bereits vor mir, sie leuchteten fast auf von der Liebe meiner Tante, ich aber verspürte bloß den Impuls, den Brief sofort zu vernichten. Ich wollte ihn am liebsten noch an Ort und Stelle, direkt vor dem Briefkasten, abfackeln und ihn gar nicht erst an mich nehmen und in die Wohnung tragen, wo er dann als stiller Vorwurf erdenschwer in einer Schublade liegen würde. Wenn ich ihr überhaupt antwortete, dann meistens mit einer Postkarte, wegen des geringen Platzes, den man zu füllen hatte. Fast alles, was meine Tante schrieb oder sagte, war salbungsvoll, oft stellte sie ihren Briefen ein Gedicht oder einen Bibelspruch voran, mit genauer Angabe der Quelle. Sie wäre prädestiniert dafür gewesen, als Pfarrerin lange, zu Herzen gehende Predigten zu halten. Sie war eine furchtbare Nervensäge, hatte fast keinen Humor, nahm nichts leicht, alles hatte Bedeutung für sie. Der Witz ist bloß, es hat ja im Leben auch alles Bedeutung – oder fast alles, bloß erträgt man dieses Wissen normalerweise nicht, meine Tante jedoch konnte es ertragen, und darin lag ihre Verrücktheit, alles wollte sie auf der allerhöchsten Bewusstseins- und Wahrnehmungsstufe erfahren. »Der Beginn einer manischen Phase, das wollte ich dir schon immer sagen, ist etwas sehr, sehr Schönes und Großes, man traut sich alles zu, hat für alles Kraft. Eigentlich ist es die Sache wert«, sagte meine Tante zu mir, kurz vor ihrem Tod im Hospiz. Mit der »Sache« meinte sie das Leben als psychisch Kranke, die heftige Medikation mit Psychopharmaka, die ständigen Arztbesuche, den Verzicht auf Kinder, den die Ärzte ihr als junger Frau nahegelegt hatten.

In ihren hochmanischen Phasen schrieb sie nicht nur die üblichen Briefe an ihr alltägliches soziales Umfeld, an ihren einzigen Bruder, also meinen Vater, an ihre alten Schulfreundinnen, an mich, nicht nur ihre Nichte, sondern gleichzeitig ihr Patenkind. Dieser spezielle Umstand war ihr sehr wichtig, während ich meistens verfluchte, dass meine Eltern die Familie so eng gehalten hatten und für mich jemanden als Patentante ausgesucht hatten, mit dem ich ohnehin schon verwandt war. Sie schrieb regelmäßig auch an all ihre Ärzte, wenn sie sich für deren Hilfe bedanken wollte oder wenn sie sich bei ihren Besuchen unverstanden fühlte, was ebenfalls oft vorkam. Die Ärzte waren sicher ratlos, wenn die Briefe vor ihnen lagen. Waren sie verpflichtet, das zu lesen, und zwar alles?

Sie schrieb an all die entfernt mit ihr verwandten oder bekannten Altenheim-Bewohner, denen schon lange niemand mehr schrieb außer meiner Tante, das waren natürlich die Briefempfänger, die sich über ihre Post wirklich freuten. In ihren hochmanischen Phasen schrieb sie auch an sämtliche noch lebende deutsche Bundespräsidenten, um sie für ihre Verdienste zu loben und ihnen die Dankbarkeit der Bürgerin auszusprechen, manchmal auch Jahre nach ihrer Amtszeit, oder an Kulturschaffende aller Art. Die Durchschläge und Kopien der von ihr verfassten Prominenten- und Würdenträger-Briefe hefteten sie und mein Onkel ordentlich in einem Ordner ab und holten sie manchmal hervor, um sie ihren Patenkindern oder anderen Besuchern zu zeigen. »Sieh mal, zu all diesen Leuten hatte ich in meinem Leben Kontakt.« Manchmal überreichten sie mir eine Kopie, für die sie extra im Schreibwarenladen waren. »Das hier ist der Brief, den deine Tante an den Schriftsteller Peter Härtling geschrieben hat«, sagte mein Onkel feierlich, »es ist ein Brief, der deiner Tante ganz besonders gut gelungen ist!« Ob Peter Härtling zurückgeschrieben hat, weiß ich nicht. Lange vor meiner Zeit soll meine Tante sogar an Nikita Chruschtschow, das Staatsoberhaupt der UdSSR, geschrieben haben, eine in der Familie legendäre Tat, ein wie üblich ausführlicher Brief mit ernst gemeinten Vorschlägen zur sofortigen Beendigung des Kalten Krieges, der direkte Eingriff meiner Tante ins Weltgeschehen. Es störte sie nicht, dass sie natürlich keine Antwort bekam, eine Replik hätte letztendlich gar nicht so viel geändert, denn ihre Worte waren in die Welt gelangt, glaubte meine Tante.

Ihr zweites Hobby war das Schenken. Spezielle Zweige der Haushaltswarenindustrie müssen nach dem Tod meiner Tante ganze Produktlinien verwundert und kopfschüttelnd eingestellt haben, natürlich ohne sich den Einschnitt erklären zu können, weil die über Jahre verlässlichen Umsätze in Nordhessen gänzlich ohne Vorwarnung einbrachen. Das betraf zum Beispiel die Hersteller von durchsichtigen Plastikdeckeln, mit denen man Joghurt- oder Sahnebecher wiederverschließen kann, oder von Teigkratzern in verschiedenen Größen und anderen kleinen Küchengeräten, von denen meine Tante jedes Mal völlig hingerissen war, wenn sie sie in einem Laden entdeckt hatte und begann, sie in großen Mengen zu kaufen, um sie dann flächendeckend in ihrer Verwandt- und Nachbarschaft zu verteilen. Salzstreuer, Salatbestecke, Geschirrhandtücher, Schürzen, einige dieser Gegenstände warf ich sofort in den Müll, weil ich praktische Dinge noch nie besonders leiden konnte, andere ließ ich in meinem Küchenschrank verschwinden. Meine Tante suchte im Grunde nach Leuten, die sie beschenken konnte. »Sag mal, hast du eigentlich schon diesen phantastischen Messbecher aus diesem neuartigen Material?«

In seiner Existenz vernichtet aber ist vermutlich der Hersteller einer bestimmten Sorte von dunkelgrünem Seidenpapier, denn meine Tante hat mehr als sechzig Jahre ihres Lebens all ihre Weihnachtsgeschenke auf die exakt gleiche Weise verpackt. Dunkelgrünes

Seidenpapier mit einer dünnen goldenen Schnur und kleine selbstklebende, goldene Sterne, und da sie zu Weihnachten noch mehr Leute beschenkte als sonst, trug sie am Ende der Weihnachtssaison oft eine orthopädische Manschette ums Handgelenk, um die Sehnenscheidenentzündung, die sie sich durch das Papierzuschneiden und Einwickeln zugezogen hatte, auch durch das Erledigen der ganzen Weihnachtspost, zu kurieren. Bei unserem Treffen zu Weihnachten erwähnte sie stets die aktuelle Bilanz: zweihundertfünfzig Päckchen und dreihundert Weihnachtskarten habe sie in diesem Jahr auf den Weg gebracht. Dazu achtzig Tütchen mit selbst gebackenen Plätzchen.

Wenn ich sie besuchte, als Schülerin und Studentin manchmal, später immer seltener, wahrscheinlich aber kam es auf mich dabei gar nicht an, wenn also irgendwer sie besuchte, strich meine Tante immer durch ihr Wohnzimmer und zwischen ihren Dingen umher wie ein junges Mädchen auf einer blühenden Wiese, das nicht weiß, welche Blume es zuerst pflücken soll, weil es sie alle so wunderschön findet. Die Leichtigkeit kam aber nicht von ihrem Körper, ihre Statur war eher schwer, fast männlich, mit breiten Schultern und kräftigen Händen, sondern nur von ihrer Stimme, die so schwärmerisch sein konnte wie kaum eine andere. »Sieh mal, die Vorhänge, die habe ich als ganz jung verheiratete Frau kurz nach dem Nähkurs selbst genäht.

Ich hatte mit fünfzig Metern Stoff zu kämpfen, schau, wie schön die Farbe des Stoffs immer noch ist.« Ich nickte, eigentlich nickte ich ständig, wenn ich bei ihr war, sagte »jaja« und »oh«, noch nicht einmal gespielt oder gekünstelt, eher in Panik, ich versuchte, mit ihr Schritt zu halten. Der Garten, das frisch gestrichene Gästezimmer, die schöne neue Bettwäsche dort, eine üppig blühende Pflanze auf der Fensterbank. Das neueste Werk meines Onkels, des genialen Hobby-Aquarellisten, das Buch, das er gerade las oder vorgab zu lesen. »Schau mal, dieses dicke Buch liest dein Onkel gerade, so ein belesener Mann, du weißt ja, dass dein Onkel die Liebe meines Lebens ist, dass ich ihn schon mit sechzehn Jahren kennengelernt habe, so lange sind wir jetzt schon zusammen ...«

Zu diesem Zeitpunkt kam meistens mein Onkel ins Zimmer und setzte sich nach knapper Begrüßung – die Silben »JoJoJo« und mein Vorname plus weiblicher Artikel, laut und sehr breit ausgerufen, danach ein gemurmeltes »lang nicht gesehen« – an die Kirchenorgel, die mit ihren langen Holz- und Metallflöten in hölzernem Gehäuse, der Bank und den Pedalen die gesamte westliche Seite des Wohnzimmers einnahm. Er begann umgehend, weil Kirchenmusik ja nie falsch sein konnte, eine Fuge oder einen Choral zu spielen. Der letzte Ton war noch nicht verhallt, da wechselte er geschmeidig auf den Hocker des benachbarten Klaviers, das im rechten Winkel zur Orgel stand, meine Tante begann ebenso unvermittelt zu singen, mit einer trotz jahrzehntelangen Gesangsunterrichts überraschend dünnen Singstimme, die mich jedes Mal, wenn ich sie wieder hörte, erstaunte. Der Blick meines Onkels, der an der Orgel noch hoch konzentriert gewesen war, war jetzt aufmunternd und pädagogisch (»Das Atmen nicht vergessen, die letzte Zeile noch einmal, das kannst du noch besser!«), während meine Tante mit Inbrunst sang. »Geh aus, mein Herz, und suche Freud« oder etwas Ähnliches. Mir wurde von einem der beiden der »Bruder Singer« oder die »Mundorgel« unter die Nase gehalten. Würde man in diesen Heften nicht vielleicht ein kleines Liedchen finden, das ich bereit wäre mitzusingen? Nur ein ganz kurzes? Ich schüttelte den Kopf, ein- oder zweimal in all den Jahren ließ ich mich überreden. Meine Tante hatte mich aber noch nicht ganz aufgegeben, für jeden Menschen gab es schließlich Rettung, dann also auch für mich, das einzige Kind ihres einzigen Bruders. »Sprich mit mir und du bist mein Mitmensch, singe, und wir sind Brüder und Schwestern!«, rief sie, aus ihrem ganzen Zitatenschatz ihr absolutes Lieblingszitat. Vielleicht hatte ich es nicht geschafft, den letzten Rest von Irritation aus meinem Blick zu tilgen, jedenfalls griff sie nun zur Blockflöte, die auf dem Klavier bereitlag. Bevor das Mundstück ihre Lippen berührte, zögerte sie kurz, nahm dann Anlauf und blies umso lauter hinein, als könne sie etwas herbeiflöten oder mich irgendwie zurecht- oder umflöten.

Nach diesen Darbietungen befand ich mich immer in einem Zustand diffuser Erschütterung, die auch nicht durch die Tatsache gemildert wurde, dass ich das Prozedere ja gut kannte, Flucht allerdings kam noch nicht infrage, ich schaute auf die Uhr, ich war erst dreißig Minuten da, weitere sechzig musste ich mindestens noch bleiben.

19

Die Tatsache, dass meine Eltern eigentlich das Weite gesucht hatten, nicht auf eine radikale Weise, sie waren ja nicht auf einen anderen Kontinent ausgewandert, aber sie waren ja zumindest doch bis nach Süddeutschland gekommen, dreihundert Kilometer entfernt immerhin, dass sie sich dann aber ab einem bestimmten Zeitpunkt ihrem Herkunftsort immer mehr annäherten, nur weil mein Vater von seiner Firma versetzt wurde (»Sie sind doch aus Kassel? Wollen Sie nicht das Kasseler Büro übernehmen?« Zwei oder drei Jahre später bereits arbeitete er für dieselbe Firma in Stuttgart und pendelte am Wochenende zurück zu meiner Mutter und mir), erstaunt mich noch immer. Sogar innerhalb Kassels kamen sie dem familiären Epizentrum im Stadtteil Harleshausen, wo die väterliche Seite der Familie wohnte, immer näher, als wäre tatsächlich Magnetismus im Spiel.

Wenn ich darüber nachdenke, kommt es mir so vor, als seien meine Eltern irgendwann nicht mehr ganz da oder bei Sinnen gewesen. Sie arbeiteten ganz offensichtlich bewusst darauf hin, ihre Lage immer mehr zu verschlimmern, und zwar nicht auf eine faktische und drastische Art, wie zum Beispiel durch Vertrinken oder Verspielen des Geldes, kriminelle Aktivitäten oder andere Methoden der Eigen- und Selbstsabotage, die einem aber zumindest einen vorübergehenden Lustgewinn bescheren können, sondern auf eine unauffällige, aber symbolische Weise, durch ihr nicht aufzuhaltendes Näherrücken zum Kern ihres ursprünglichen Unbehagens. Wie konnte ihnen das nur passieren? Was spielte sich damals eigentlich in ihren Gehirnen ab? Haben sie sich auch nur einmal die Frage gestellt: Wollen wir das wirklich?

Wenn sie meine Tante und meinen Onkel in Harleshausen, schon allein dieser Name wäre doch jedem Menschen, der auch nur halbwegs bei Trost war, eine Warnung, auf der Straße sahen, meine Eltern im Auto, die anderen natürlich stets zu Fuß, dann fuhren sie möglichst unauffällig, ohne lautstarke Beschleunigung vorbei, vielleicht fuhren sie sogar extra langsam, mit dem Auto schleichend, und hofften, von ihren Familienangehörigen nicht erkannt worden zu sein, was natürlich eine Illusion war, denn sie hatten es ja mit einem Einwohner Kassels zu tun, einem in der Wahrnehmung und im Wiedererkennen von Autos besonders geschulten Wesen, egal ob er selbst ein Auto besaß oder nicht. Wenn sie meinem Onkel dann eine

Woche später im Supermarkt in die Arme liefen, diesmal auch sie zu Fuß und daher völlig wehrlos und ohne unmittelbare Fluchtmöglichkeit, wurden sie sofort vorwurfsvoll darauf hingewiesen, dass sie ihn ja neulich mal wieder ignoriert hätten. Doch was hatten sie erwartet? Man kann nicht vor seiner Familie fliehen wollen und sich ihr gleichzeitig sozusagen an die Brust werfen, zum Beispiel indem man wie mein Vater ein Haus ausgerechnet im Obstgarten seiner Stiefmutter errichtet. Und die väterliche Seite der Familie war ja noch nicht einmal das einzige Problem.

20

»Die Oma wird ewig leben«, sagte meine Mutter eine Weile regelmäßig am Telefon zu mir – der Auszug stand damals noch gar nicht zur Debatte – und meinte damit ihre eigene Mutter, ausnahmsweise nicht ihre Schwiegermutter; deren ewiges Leben setzte sie ohnehin längst stillschweigend voraus. Natürlich habe ich es immer schon als weiteres Zeichen besonderer und für uns typischer Vertracktheit gesehen, dass gleich alle beide, meine Großmutter väterlicherseits und meine Großmutter mütterlicherseits, meiner Mutter Anlass zu Klagen und Tränen der Enttäuschung gaben, dass es bei uns so etwas wie einen Großmutter-Wahnsinn gab, dass besonders all die Frauen meiner Familie immer für Unruhe sorgten.

»Meine Mutter wird einfach nie sterben, nie!« Ich kann nicht sagen, wie oft ich diesen Satz über die Jahre von ihr gehört habe. Meine Mutter war davon überzeugt, dass meine Großmutter sich aus einer Mischung von Anmaßung, persönlichem Ehrgeiz und Protest gegen die finalen Gegebenheiten des Lebens und natürlich vor allem aus Protest gegen sie, ihre Tochter, mit ihrem zarten, aber überraschend zähen Körper zum Projekt der Unsterblichkeit entschlossen habe. Und angeblich gab es neue Erkenntnisse, die untermauerten, wie vielversprechend das Vorhaben meiner Großmutter sei. Gerade eben habe sie eine Molekularbiologin, übrigens eine Nobelpreisträgerin, im Fernsehen sagen hören, wenn man die 90-Jahre-Grenze erst einmal überwunden habe, dann werfe einen so schnell nichts mehr um, dann sei es sehr wahrscheinlich, dass man noch viel älter werde. »Und das ausgerechnet mir«, jammerte meine Mutter, »jetzt bin ich selbst schon so alt und habe immer noch eine Mutter, niemand in meinem Alter hat mehr eine Mutter. Ich kann ihren Verfall nicht mehr ertragen, immer habe ich ihr Altern vor Augen. Wenn wir uns wenigstens etwas besser verstanden hätten. Aber wir mögen uns ja nicht einmal. Wir waren uns nie sympathisch.«

Natürlich wusste ich damals bereits, wie die Klagen meiner Mutter klingen würden, wenn meine Großmutter wider Erwarten doch stürbe. Mir war klar, dass meine Mutter von da an vieles in ihrem Leben auf den Tod ihrer Mutter beziehen würde, dass sofort eine neue Zeitrechnung für sie begänne. Dass sie Sätze wie »Du kannst dir ja gar nicht vorstellen, wie sehr ich meine Mutter vermisse«, »Du weißt ja nicht, wie schrecklich es ist, ohne Mutter zu leben« sagen würde. Aber es half nichts, sie glaubte mir nicht, obwohl es natürlich genauso gekommen ist, wie ich damals schon annahm. Meine Großmutter wird inzwischen von meiner Mutter betrauert und aus tiefster Seele vermisst, wie Mütter selten vermisst werden.

In den letzten zwei Jahrzehnten ihres Lebens war meine Großmutter öfter ernstlich erkrankt, sie musste einige Male operiert werden. Nach dem Tod meines Großvaters, der meine Mutter schon völlig aus der Bahn warf, war meine Großmutter immer wieder in ihrem Haus gestürzt und hatte dabei sogar einmal zum Teil ihr Gedächtnis verloren, dann aber wiedererlangt. Die Aufgebrachtheit und Fassungslosigkeit meiner Mutter über eine Krankheit oder einen Unfall meiner Großmutter war jedes Mal so übermäßig, dass sie sofort wieder in ihr Gegenteil umschlug, sobald meine Großmutter das Schlimmste überwunden hatte. Schon auf dem Rückweg vom Krankenhaus – meine zierliche, fast grazile Großmutter mit ihrer Handtasche auf dem Schoß neben ihr auf dem Beifahrersitz, ihre auffallend hellblauen Augen ins Nirgendwo vor ihr oder nach innen gerichtet – warf meine Mutter meiner Großmutter einen argwöhnischen Blick zu, der sagte: »Wieder einmal geschafft, nicht wahr.« Sie erregte sich über die Existenz ihrer Mutter ebenso wie über ihre drohende Nicht-Existenz. Auf der Wissenschaftsseite der Süddeutschen las ich vor einiger Zeit, also Jahre nach dem

Tod meiner Großmutter, dass nicht neunzig Jahre die magische Grenze seien, sondern einhundertzehn. Erst im Alter von einhundertzehn Jahren sei man aus dem Gröbsten heraus, erst dann nehme die jedes Jahr anwachsende Todeswahrscheinlichkeit aus Gründen, die wiederzugeben ich nicht in der Lage bin, wieder ab.

Ich allerdings hatte sowieso nie an die Alterstheorien meiner Mutter geglaubt, auch nicht an ein einer Verschwörung gleichkommendes Unsterblichkeitsprojekt meiner Großmutter. Ich weiß nur, dass meine Großmutter – allerdings erst in reiferem Alter – sehr gern lebte, sie war manchmal in der Lage, wozu meine Mutter und ich nie in der Lage gewesen waren, das Leben zu genießen. Doch ein Aspekt musste bei der Langlebigkeit meiner Großmutter eine große Rolle spielen, ich war überzeugt, dass die ständigen Verwünschungen meiner Mutter meine Großmutter am Leben hielten. Meine Mutter glaubte an die Macht des Willens ihrer Mutter, ich glaubte an die Macht der negativen Gedanken meiner Mutter. Ihre Negativität hatte etwas so Unwiderstehliches, dass es ein Leichtes sein musste, damit eine 90-Jährige am Leben zu halten. »Und wie geht es Oma?«, fragte ich oft betont beiläufig. »Wie soll es der schon gehen?«, fragte meine Mutter, »besser denn je. Du solltest mal sehen, wie gut sie aussieht, wie fit sie ist. Um sie herum sterben die Leute wie die Fliegen, all ihre Schulfreundinnen: tot! Aber deiner Großmutter geht es bestens. Stell dir vor, ihre verrückte Ärztin hat ihr schon wieder eine Kur mit Aufbauspritzen verordnet – in ihrem Alter! Und gegen die Grippe hat sie sich natürlich auch schon impfen lassen, im September!« Solange wir diese Art von Dialog führten, könnte meiner Großmutter nichts Ernstliches passieren, dachte ich. All die düsteren Gedanken meiner Mutter würden in einem alchemistischen Vorgang in etwas ganz und gar Positives verwandelt, etwas, das sie vor allen wirklichen Nöten bewahrte. Und eigentlich, das begriff ich nach und nach, waren die Verwünschungen meiner Mutter nichts anderes als leidenschaftliche Liebesschwüre.

Eine Weile war ich überzeugt, dass die Schwierigkeiten meiner Mutter und meiner Großmutter nur an der schlechten Qualität ihrer Dialoge lagen, daran, dass sie immer das Falsche zueinander sagten. Natürlich war der entscheidende Part das, was meine Großmutter zu meiner Mutter sagte beziehungsweise nicht sagte, und nicht umgekehrt, das Hauptlebenstrauma meiner Mutter besteht ja darin, als Kind nicht genug geliebt und umsorgt worden zu sein. »Im Grunde haben mich meine Eltern in meiner Kindheit nie beachtet, deshalb habe ich all die verrückten Sachen gemacht, bin auf die höchsten Bäume geklettert, in jede Pfütze gesprungen, habe ich all die Tiere, die Salamander und Insekten gefangen und in meinen Schrank gesteckt.« Vieles spricht dafür, dass meine Mutter gar nicht übertreibt, wenn sie von ihrer Kindheit erzählt, dass meine Großmutter, die für mich liebste, zärtlichste und geduldigste, fast dreißig Jahre früher tatsächlich die meiste Zeit eine kalte und überforderte, eigentlich zutiefst unwillige Mutter war, die ihr für ihre Maßstäbe zu wildes und lebhaftes Kind fast nie in den Arm nahm und es an heißen Tagen auf dem Weg zur Gartenlaube am städtischen Gefängnis vorbeiführte und ihm jedes Mal prognostizierte, da käme es als Erwachsene auf jeden Fall hinein, das sei quasi der natürliche Lauf der Dinge.

Das Wohlergehen aller konnte davon abhängen, dachte ich als Kind, dass meine Großmutter wenigstens nur hin und wieder das Richtige zu ihrer erwachsenen Tochter sagte. Damals stand ich oft innerlich stöhnend dabei, während sie komplett fehlgeleitete Dialoge führten, ohne etwas ausrichten zu können. Als Teenager kam ich irgendwann auf die größenwahnsinnige Idee, den Gesprächsbedarf meiner Mutter und Großmutter vorauszuberechnen und gegebenenfalls zu manipulieren. Wenn es gelänge, ihre Dialoge zu verbessern, sie quasi umzuschreiben, dann würde sich das Leben der ganzen Familie erheblich verbessern, dachte ich. Ich stellte mir die Wirkung der richtigen Worte als geradezu magisch vor. Eine Revolution, die über das Ohr ins Gehirn dringen und überall Glück und seelische Gesundung verbreiten würde. Jeder sollte das zu hören bekommen, was er schon immer ersehnte.

Auch mein Vater war meiner Mutter verbal in der Regel nicht gewachsen, er sagte meist das Falsche in den falschen Worten, noch dazu mit der falschen Aussprache und Betonung. Aber Korrekturen des Gesprächsaufkommens meiner Eltern gab ich irgendwann auf, es war eine Illusion gewesen, hier etwas regulieren zu können. Aber bei meiner Mutter und meiner Großmutter lagen die Dinge anders, da sie sich ja nicht ständig sahen oder miteinander telefonierten. Hier konnte man mit einigen strategisch klug gewählten und gut positionierten Sätzen einiges erreichen. Am Anfang musste allerdings ein generelles Schuldeingeständnis meiner Großmutter stehen, eine weiße Leinwand sozusagen, etwas, das meine Mutter milde stimmen und aufnahmebereit für die von mir erdachten strategisch klugen Sätze machen würde. Am Telefon überzeugte ich meine Großmutter von der Notwendigkeit eines solchen Schuldeingeständnisses und forderte sie auf, etwas in ihren eigenen Worten zu formulieren, ich würde sie am nächsten Tag wieder anrufen, um den Text mit ihr zu besprechen. Ich kann den genauen Wortlaut des Briefes, den meine Großmutter schrieb, nicht genau wiedergeben. Ich kann mich bloß erinnern, dass sie mir zwei vollkommen prosaische Sätze vorlas, etwa so: »Ich bin an allem schuld. Es tut mir leid. Mama.«

An einem sonnigen und sehr heißen Morgen, es war ein Feiertag, vielleicht Himmelfahrt, öffnete meine Großmutter meiner Mutter und mir die Tür und war nicht in der Lage, die verabredeten und mit mir geprobten zwei Zeilen (»Schön, dass ihr hier seid, ich freue mich ja so!«) richtig aufzusagen. Meine Großmutter, die im Gespräch mit mir noch nie Schwierigkeiten gehabt hatte, schien an diesen kümmerlichen, simplen Worten zu würgen. »Gib dir keine Mühe, du Heuchlerin!«, sagte der Blick meiner Mutter, als meine Großmutter die Worte dann schließlich doch irgendwie hervorgebracht hatte. Meine Mutter wich der zaghaften Umarmung meiner Großmutter aus, schlängelte sich geschickt an ihr und ihrem Vater vorbei und betrat das holzgetäfelte Esszimmer, wo auf dem großen Tisch schon alles für uns bereitstand, meine Großmutter musste stundenlang gebacken und gekocht haben.

21

In ihrer Kindheit erlebte meine Mutter ihre Mutter aber nicht nur als kalt und überfordert, sondern auch als die Person, die vorsätzlich jede ihrer kompromisslosen Schönheitsbestrebungen unterband oder sabotierte, die ihr etwa zu ihren Geburtstagen nichts als Haushaltsgegenstände und Bettzeug für ihre spätere Aussteuer schenkte, anstelle der ersehnten Spielzeuge; die ihr natürlich das Ballett, den Musikunterricht, eine Zahnspange und erst recht den Schauspielunterricht, von dem sie als Teenager träumte, verwehrte, ihr aber nicht die Wahrheit sagte, »Das können wir uns nicht leisten« oder: »Wir glauben uns das im Moment nicht leisten zu können, weil wir alles tun, um uns ein eigenes – Haus (kein Kommentar) – kaufen zu können.« Stattdessen sagte sie nur: »Das steht jemandem wie dir nicht zu. Was stellst du dir eigentlich immer vor?«

Schönheit, für meine Mutter das einzige wirksame Trost- und Heilmittel, außer bedingungsloser Freundschaft vielleicht, war über verschiedene Gegenstände in ihr Leben gekommen, um sich als immerwährende Sehnsucht zu manifestieren. Der erste war das große weiße Leinentischtuch, das die Großmutter meiner Mutter immer über den Esstisch breitete, obwohl diese Art von Tischwäsche auf täglicher Basis nichts in ihrem finanziellen Milieu verloren hatte. Meine Mutter erzählte mir, wie sie als Kleinkind dabeistand, wenn die Großmutter die gestärkten Tücher ausbreitete und sie nach dem Auffalten für Sekundenbruchteile in der Luft schwebten, wie ein riesiger Bogen Papier oder etwas in dieser Art, bevor sie auf dem ebenfalls weiß lackierten Tisch zu liegen kamen.

Diese Großmutter meiner Mutter ist so etwas wie der Dreh- und Angelpunkt. Wäre sie nicht so früh gestorben, und nicht unter diesen Umständen, meine Mutter war damals gerade fünf Jahre alt, ihre Mutter dreißig, wenige Tage vor Weihnachten hatte sich die Großmutter meiner Mutter beim Gansrupfen für das Weihnachtsessen eine Blutvergiftung zugezogen, zu lange mit dem Arztbesuch gewartet und die damals noch teure Antibiotika-Therapie, die die sich gerade entwickelnde Sepsis vielleicht hätte kurieren können, im Krankenhaus nicht bekommen, weil sie sie nicht bezahlen konnte, oder weil das Personal einfach voraussetzte, ihre Familie könne das Geld auf keinen Fall aufbringen, wahrscheinlich wurde darüber also noch nicht einmal richtig gesprochen. Man ließ meine Urgroßmutter, so wurde es mir sowohl von meiner Mutter als auch von meiner Großmutter unzählige Male erzählt, einfach im Krankenbett liegen, bis nacheinander all ihre Organe versagten, und teilte den verzweifelten Angehörigen mit, sie sei nicht zu retten.

Hätte diese Großmutter länger gelebt, die Kindheit meiner Mutter wäre mit hoher Wahrscheinlichkeit ganz anders verlaufen, die an Verwahrlosung grenzende Einsamkeit meiner Mutter hätte es nicht gegeben, denn sie war ja bis dahin oft von ihrer Großmutter versorgt worden, während ihre Mutter drei Anstellungen gleichzeitig hatte, als Buchhalterin in einem Kaufhaus, als Hausmeisterin und als Versicherungsvertreterin, der Vater meiner Mutter, der als Ingenieur in einer großen Firma unterschiedlichste Maschinen entwickelte, arbeitete fast genauso viel. Und auch die übergroße Verbitterung meiner Großmutter, die fast zwanzig Jahre anhielt und sich erst legte, als sie selbst tatsächlich Großmutter wurde, war wahrscheinlich erst durch den Verlust ihrer Mutter entstanden.

Der zweite Gegenstand war der kleine blaue Glasschuh, der in einer Vitrine im Wohnzimmer der besten Freundin meiner Großmutter zu bewundern war, lange dort für meine Mutter zu bewundern war, bis meine sechsjährige Mutter ihn plötzlich in ihrer Jackentasche hatte. An diesem Tag genau begann die Gefängniskarriere meiner Mutter, jedenfalls die, die ihre Mutter, vollkommen außer sich vor Wut und Scham, ihr von da an regelmäßig avisierte, zusammen mit der wenig originellen und dennoch oder erst recht ständig wiederholten Frage: »Was sollen denn nur die Leute denken?« Meine Mutter wurde zurück an den Tatort geschleift, wo sie ein umfassendes Geständnis abzulegen hatte. Niemand kam auf die Idee, ihr den begehrten Schuh im Nachhinein zu schenken, so wie mir etwa fünfundzwanzig Jahre später von der Mutter meiner Freundin Tina die Sachen einfach geschenkt wurden, die ich in einer kleptomanischen Phase im Alter von vier oder fünf Jahren aus Tinas Kinderzimmer mitgehen ließ; Tinas Mutter lächelte mich an, klopfte mir auf die Schulter, und ich zog mit dem erbeuteten Gegenstand ab, während sich Tina fassungslos auf dem Boden wälzte und heulte. Solche überraschenden Wendungen gab es in der Kindheit meiner Mutter nicht, nie, undenkbar. Meine Mutter aber fühlt sich seit dem blauen Glasschuh latent als Kriminelle, ich glaube, bis heute. Es sei ein Wunder, dass sie nicht an irgendeinem Punkt ihres Lebens im Gefängnis gelandet sei, sagte meine Mutter manchmal. »Aber weshalb und wie hättest du denn kriminell werden sollen?« »Nur so«, sagte meine Mutter und schwieg.

Der dritte, kein einzelner Gegenstand, eher ein ganzes Genre, die »Klamotten«, etwa in Form der in den Jugendzimmern verstreuten Kleider der drei Möller-

Schwestern, meine Mutter, die sich nichts davon hätte leisten können, ging mit einer von ihnen auf dem Gymnasium in dieselbe Klasse. Sie müssen nach allem, was meine Mutter von ihnen erzählte, beneidenswerte Geschöpfe gewesen sein, mit gutem Aussehen, Wagemut, Witz und großen Mengen von Kleidern gesegnet. Die Kleider brachte die Mutter der Möller-Schwestern aus Paris und New York mit, was damals quasi unerhört war. Sie müssen wie in einem Traum nur so in den Zimmern der Mädchen herumgelegen haben, pastellfarbene Cardigans und Röcke mit Petticoats, die Freundinnen der Möllers brauchten sie nur aufzuheben und durften sich leihweise bedienen. Schon allein das Herumlaufen zwischen diesen Kleidern, während sie die schönen Farben in sich aufnahm, sei damals ein Trost für sie gewesen, sagte meine Mutter.

22

Aber wie meine Mutter einige Jahre später meinen Vater kennengelernt hatte, darüber bewahrte sie weitgehend Stillschweigen. Ich fand es fast frech, dass sie darüber nicht sprechen wollte, denn schließlich hatte ich mich ungefähr seit meinem sechsten oder siebten Lebensjahr mit der Ehe meiner Eltern befassen müssen. Damals, also noch in Weinheim, begann ich ihre Streite wahrzunehmen und machte mir große Sorgen. In Kindersendungen im Fernsehen kamen manchmal Scheidungen vor, so etwas wollte ich auf keinen Fall für meine Eltern, die ich damals noch für ein Traumpaar hielt. Um die Ehe meiner Eltern zu retten, wie ich glaubte, nahm ich eine Art Unterhändlertätigkeit auf, rannte zuerst zum einen, dann zum anderen, machte mir ein Bild von der Lage, ihrer Aussichtslosigkeit, die mir zunächst überwältigend erschien, dann aber fing ich an, eventuelle Übereinstimmungen auszuloten, die es ja bei näherer Betrachtung immer gibt. (Diese diplomatische Vergangenheit hat bei mir zu einer charakterlichen Flexibilität geführt, die mich manchmal selbst erschreckt.)

In Kassel kam ich dann allmählich zu der Überzeugung, dass man nicht noch einmal zwei Menschen finden und miteinander verheiraten konnte, die so schlecht zusammenpassten wie meine Eltern. Aber seltsamerweise schienen sie eine Scheidung nie ernsthaft in Erwägung zu ziehen, auch dann nicht, als eine Scheidungswelle über die Kasseler Gesellschaft hinwegrollte, es wäre also fast naheliegend gewesen.

Ich erinnere mich an eine Skifreizeit, an der ich selbst auch teilnahm, ich war damals sechzehn, es war kurz nach Weihnachten. Diese Skifreizeit schien im Nachhinein eigentlich nur den Zweck zu haben, ein paar Vätern das reibungslose Verlassen ihrer Familien und ihrer Häuser zu ermöglichen, ohne dass ihre Kinder weinend an der Tür standen. Und während diese Kinder in einer Berghütte am Dachstein abends Spiele spielten, die ihnen schon am nächsten Tag peinlich waren, zogen die Väter bereits bei ihren Freundinnen ein, so einfach war das. Als wir alle kurze Zeit später übermüdet in Kassel aus dem Bus stiegen, war das soziale Gefüge der Leute, die meine Eltern und ich kannten, signifikant umstrukturiert worden, ohne dass die Kinder davon etwas geahnt hätten. Am ersten Schultag nach den Ferien erfuhr ich die Details. Der Vater eines sehr humorvollen Jungen, der auf der Skifreizeit ständig in unser Zimmer gekommen war, wohnte jetzt bei der Freundin der Mutter meiner engsten Schulkameradin. Die Mutter der besten Freundin ihrer kleinen Schwester dagegen ... etc., es war eine kleine Kettenreaktion in Gang gekommen, die fast etwas Spielerisches hatte, so etwas hätte ich Kassel niemals zugetraut, fast wie in einem John-Updike-Roman. Meine Eltern aber waren davon nicht betroffen, was mich wirklich wunderte.

Denn damals wohnten wir ja schon in unserem HAUS, aus dem es kein Zurück gab, und auch sonst hatte meine Mutter nicht viel Freundliches über ihre Ehe zu sagen, während mein Vater litt und schwieg.

»Dein Vater kann nicht tanzen!«, rief meine Mutter manchmal einfach so. Vielleicht im Glauben, damit sei bereits vieles erklärt, alle weiteren Unfähigkeiten im Leben ließen sich davon ableiten, vor allem die fehlende Leichtigkeit. Sie unterschied auch stets zwischen der Zeit vor ihrer Hochzeit, als es ihr theoretisch noch möglich gewesen wäre, ihre Geschicke herumzureißen, und danach, als natürlich alles zu spät war. Von der Hochzeit selbst kannte ich ein paar Fotos, die meinen Vater mit gerötetem Gesicht, also aufgeregt zeigten (das Erröten hat er mir vererbt), er war sechsundzwanzig, sah aber aus wie achtzehn, meine Mutter etwas peinlich berührt mit einer seltsamen Frisur, viel weniger attraktiv als sonst auf Fotos. Verlobt hatten sich meine Eltern auf einer Reise an die Côte d'Azur. Und vorher?

Auf einer langen Autofahrt von Kassel nach Bayern erzählte mir mein Vater dann doch davon.

Als er meine Mutter zum ersten Mal traf, auf einer

Kellerparty eines Freundes, war er sich sicher, noch nie ein so extravagantes Wesen aus nächster Nähe gesehen zu haben. Er hatte vorher hübschere Freundinnen gehabt, vor allem ein Mädchen aus Stockholm, für das er eine Weile versuchte, Schwedisch zu lernen. Aber meine Mutter sei viel aparter gewesen, auch wenn das ein Wort sei, das ihm bis dahin gar nichts gesagt habe. Sie war, sofern er das überhaupt beurteilen konnte, nach den neuesten Erkenntnissen gekleidet, aber auf eine schlichte Art. Sie war außerdem, wie sich noch am selben Abend herausstellte, eine exzellente und kühne Tänzerin, er hingegen konnte nur mit viel Mühe beim Tanzen den Rhythmus halten, obwohl er nicht unmusikalisch war und sogar Trompete spielte.

Sie wurde schon damals niemals müde, bestimmte Dinge zu wiederholen, sie hatte Themen, oft politische, über die sie monatelang referierte, um sie dann allmählich wieder fallen zu lassen und durch eine neue Obsession zu ersetzen, sie hatte zugleich etwas Idealistisches und völlig Resigniertes. Wenn sie von ihrer Familie, ihren Eltern, sprach, schämte er sich dafür, wie wohlbehütet er war und wie einsam sie. Seine Mutter war vor nicht langer Zeit gestorben, aber auch als Halbwaise war er nicht annähernd so einsam wie dieses Mädchen.

Als er sie kennenlernte, befand sie sich gerade in ihrer DKP-Phase, sie kündigte gegenüber allen möglichen Gesprächspartnern an, bei der nächsten Wahl die

DKP zu wählen, ob sie es tatsächlich getan hatte, war nie geklärt worden, denn manchmal verweigerte sie jede Aussage. Vielleicht mochte sie nur den schockierten Gesichtsausdruck ihres Gegenübers im biederen Kassel, wenn sie ihre DKP-Reden hielt.

Die Amerikaner hätten ihr das Leben gerettet, erzählte sie ihm, sie meinte damit nicht die amerikanischen Soldaten, denn dafür war sie etwas zu jung, sondern die Schriftsteller Hemingway, Faulkner und Fitzgerald, wenig später auch Saul Bellow, die sie jeden Tag im Amerikahaus in der Königsstraße las, wo es außerdem die von ihr geliebte Zeitschrift »Seventeen« gab, sie hatte fast jeden Nachmittag dort verbracht, machte nie Hausaufgaben. Sie war die belesenste schlechte Schülerin ihres Mädchengymnasiums gewesen.

Eigentlich vertrage sich doch ihre Amerikahaus-Vorliebe nicht mit ihren kommunistischen Phantasien, gab mein Vater zu bedenken. Ach, das sehe sie nicht so eng, sagte meine Mutter. Sie sei eher eine Salonkommunistin, wie es sie ja auch in Frankreich oder Italien gebe. Amerikanische Autos möge sie übrigens auch, all das widerspreche sich kein bisschen.

Es ist vielleicht eine üble Floskel, aber um meinen Vater war es damals geschehen, unrettbar. Er, der als kleiner Junge auf Fotos die Hände verschämt hinter dem Rücken verschränkte, der sich ständig irgendwo den Kopf stieß und zu slapstickhaften Zwischenfällen neigte, der sich die Nase brach, weil er in voller Geschwindigkeit gegen eine Glasscheibe rannte, hinter der sein Auto gerade rückwärts einen Hügel herunterrollte, der schon als relativ junger Mann ständig mit seinem eigenen Ende flirtete, wenn er sich, schon wieder ist ein Auto involviert, mit überhöhter Geschwindigkeit auf der Autobahn überschlug, Kette rauchte und Kaffee trank wie andere Leute Wasser. Ein schüchterner Hasardeur, von unerschütterlicher Loyalität, mit keinem anderen hätte man so gut eine Unglückssekte gründen können. Das muss auch meine Mutter damals sofort gespürt haben.

23

Eines Nachts war mein Vater – es waren eigentlich bereits die ganz frühen Morgenstunden, wenn er immer wach wurde und wenn meine Mutter gerade erst eingeschlafen war – auf dem Weg in sein Kellerbüro. Es half ja alles nichts, es musste irgendwann ausgeräumt werden, und es war klar, dass er sich vom größten Teil der dort aufgehobenen Papiere trennen musste, er würde sich in Zukunft kein vergleichbares Privatarchiv mehr einrichten können, dafür fehlte in der neuen Wohnung der Platz. Dieser erste Besuch im Kellerbüro seit Längerem sollte aber bloß einer gewissen Sondierung und Evaluierung der Situation dienen – und um herauszufinden, ob er es überhaupt noch aushielt in diesem Zimmer. Das Kellerbüro – es gab noch ein zweites Arbeitszimmer im Erdgeschoss, das er eigentlich nutzte, wo auch sein Computer stand – stellte so etwas wie die Nachtseite des Bürowesens dar und machte ihn auf eine Weise ratlos, die er sich nicht erklären konnte, vor allem aber irritierten ihn seine gemischten Gefühle, die Tatsache, dass er die Papiere in den Aktenordnern zugleich liebte und hasste, dass sie ihm die Luft nahmen und gleichzeitig nahe waren. Die Ordner waren verteilt auf zwei große Schränke, die mit einer Art Holzjalousien verschlossen werden konnten, meine Eltern nannten sie die »Rollschränke«, und ein großes Regal. Aufgehoben und abgeheftet in den Ordnern waren noch immer fast die gesamten Unterlagen des Ingenieursstudiums meines Vaters, die Rechnungen jedes seiner Autos, auch alles die Instandhaltung beziehungsweise Reparatur und den Wiederverkauf dieser Autos Betreffende, außerdem Voranschläge für Autos, die er sich gewünscht oder für eine Weile in Erwägung gezogen, aber niemals gekauft hatte, die Rechnungen aller Möbel, die meine Eltern jemals gekauft hatten, die vollständige Dokumentation all ihrer traurigen Immobiliengeschäfte, überhaupt all ihrer zu ihrem eigenen Nachteil abgeschlossenen Transaktionen, dazu Notarunterlagen, Grundbucheinträge, Grundrisse und Pläne, außerdem natürlich Kontoauszüge, Kreditkartenabrechnungen, Zeugnisse, Steuerbescheide und Steuererklärungen, Versicherungsunterlagen, Telefonrechnungen und in einer besonderen Mappe die Briefe – vielleicht vier oder fünf –, die meine Großmutter, die leibliche Mutter meines Vaters, ihm geschrieben hatte, als er bei der Bundeswehr war und zum ersten Mal längere Zeit weg von zu Hause. Die ältesten Papiere stammten aus den Sechzigerjahren, die jüngsten aus den Neunzigern, alles, was danach kam, hob mein Vater im Arbeitszimmer im Erdgeschoss auf, das Kellerbüro war daher wie eine sehr umfangreiche Zeitkapsel.

Der Weg in das Kellerbüro führte in der Wahrnehmung meines Vaters schon lange nicht mehr durch das Haus, man konnte nicht einfach so dorthin gehen, man musste einen Plan fassen, eine Uhrzeit festlegen und, wenn der Augenblick gekommen war, all seine Willenskraft zusammennehmen und sich dorthin durchschlagen durch eine Art feindlich gesinnter Landschaft, und einer Landschaft ähnelte der Keller inzwischen tatsächlich, besonders seit dem letzten großen Wasserrohrbruch. Für meine Mutter hatten die auffällig gehäuften Wasserrohrbrüche eigentlich nie etwas Eklatantes bedeutet, sie wunderte sich nicht darüber, haderte ausnahmsweise nicht mit ihrem – in diesem Fall die Wasserleitungen betreffenden – Unglück. Sie waren bloß ein Indiz für etwas, das sie ja ohnehin wusste: dass die Elemente sich seit jeher gegen sie verschworen hatten, neben der Sonne vor allem das Wasser, in Form von Regen oder Schnee oder in jeder anderen selbstverständlich widrigen Darreichungsform, also logischerweise auch das Wasser, das durch die Leitungen floss. Mein Vater aber, der zwar stoisch tat, fühlte sich durch das unkontrollierbar rinnende und tropfende und dann plötzlich durchbrechende Wasser verunsichert und allmählich sogar bedroht. Deshalb ließ er die Leitungen regelmäßig von verschiedenen Installateuren untersuchen, sie filmten mit ihren Teleskop-Kameras das Innere, die Handwerker wechselten, aber die Dialoge, die mein Vater mit ihnen führte, ähnelten einander, während der jeweilige Handwerker und mein Vater hinter ihm auf den Computerbildschirm schauten.

»Können Sie was sehen?«

»Nee, vielleicht ein bisschen verkalkt, aber sonst einwandfrei.«

Und erst recht konnte niemand einen neuen Rohrbruch vorhersehen oder gar verhindern, auch das extra installierte Warnsystem nützte nichts. Das Loch in der Kellerwand war für meinen Vater also nicht bloß ein Loch, fehlendes Mauerwerk, es war eine genuine Wunde, deren Anblick er kaum ertrug.

Aber in dieser Nacht, als er eigentlich zum Kellerbüro unterwegs war, kletterte mein Vater spontan, so spontan, wie er viele Dinge tat, ohne sie später irgendjemandem erklären zu können, durch das große Loch. Es war gar nicht durch das Wasser selbst entstanden, wie ich gedacht hatte, ein Wasserrohrbruch ist eben doch keine Flut, sondern es war Ergebnis der Tatsache, dass der Klempner auf der Suche nach dem Leck gezwungen gewesen war, die Wand zu zertrümmern. In der nächsten Woche schon sollten zwei Maurer kommen, die die Öffnung noch vor dem Auszug meiner Eltern wieder zumauern würden. Mein Vater passte im Ganzen nicht ohne Weiteres durch das Loch, Kopf und Oberkörper konnte man mühelos hindurchstecken, meine Mutter hatte es während eines Wutanfalls vor Kurzem getan, den Kopf durch das Loch gesteckt und etwas gerufen. »Ich will hier raus!« oder so ähnlich, natürlich sinnlos, das war ihr selbst noch währenddessen klar geworden, das Loch war ja keine Öffnung in der Außenmauer.

Für meinen Vater war es in jener Nacht seltsamerweise ebenso eine vollkommen naheliegende Entscheidung, sich durch das Loch zu zwängen; auf der anderen Seite des Lochs lag die Einliegerwohnung, die normalerweise, ohne Mauerloch, gar nicht von unserem Haus aus zu betreten war, sie hatte einen gesonderten Eingang auf der Hausrückseite, er war auch schon länger nicht mehr dort gewesen. Auf der rechten Seite lag hinter dem Partykeller, in dem nicht ein einziges Mal irgendetwas gefeiert worden war, das Kellerbüro. Mein Vater, der keine Schuhe anhatte, näherte sich also dem Loch, das links lag. Es dauerte fast fünf Minuten, so kam es ihm jedenfalls vor, bis er sich hindurchlaviert hatte, es ärgerte ihn, dass er nicht wenigstens den Haustürschlüssel eingesteckt hatte, dann hätte er sich wenigstens den Rückweg ersparen können, indem er die Einliegerwohnung durch die Tür verlassen hätte und nicht zurück durch das elende Loch. Der Boden war eiskalt und staubig, aber es störte ihn nicht, es gab nur noch eine funktionierende Lampe, eigentlich eine an der Decke hängende Glühbirne, glücklicherweise fand er rasch den Schalter, sonst aber kein einziges Möbelstück mehr, wenn man von der Küchenzeile absah, seit mindestens sieben Jahren hatte hier niemand mehr gewohnt, es roch natürlich stickig und ungut. Während er langsam durch die beiden kleinen Zimmer ging, dachte mein Vater an die Mieter in der Reihenfolge ihres Auftauchens bei uns, zuerst der Abkömmling einer Konservendosen-Dynastie, der die Wohnung nach kürzester Zeit für nicht standesgemäß befand und wieder auszog, dann der Augen-Chirurg, der sich (vermutlich abends) immer betrank, was man an all den leeren Alkoholflaschen in unserer Mülltonne sehen konnte. Seine Familie lebte in einer anderen Stadt, und manchmal hatte er so laut Sex – mit wem eigentlich? –, dass man es in den Zimmern direkt über der Einliegerwohnung hören konnte, dann noch ein weiterer Arzt, dessen Spezialgebiet hatte er vergessen, und irgendein Unternehmensberater.

Mein Vater verspürte, während er in der Einliegerwohnung stand und von der anderen Seite missmutig durch das Loch schaute, zum ersten Mal so etwas wie Widerwillen gegen das Haus, auch wenn er es nicht zugegeben hätte, noch nicht einmal sich selbst gegenüber. Und obwohl er doch einiges auf sich genommen hatte, um diesmal dem Kellerbüro aus dem Weg zu gehen, obwohl er sogar barfuß durch ein Mauerloch geklettert war, musste er jetzt umso intensiver daran denken. Er begriff zwei Dinge: Erstens wollte er das Kellerbüro am liebsten nie wieder betreten, nicht jetzt und auch nicht in der Zukunft. Und gleichzeitig wollte er, das war sein heftigster Wunsch, dass es weiter existierte, einfach so. Vor einiger Zeit hatte er am Schaufenster eines verlassenen Ladens ein Schild gesehen, das er bei erneutem Lesen wenige Tage später tröstlich fand. Der Laden hatte einem Rahmenmacher gehört, vor langer Zeit hatten meine Eltern einmal etwas bei ihm in Auftrag gegeben. Auf dem mit Tesafilm an der Scheibe befestigten Schild stand: Ich bin weiterhin für Sie erreichbar unter ... es folgte eine Handynummer, dann wie der Absender eines Briefes »Ihr Hermann Schröder«. Dieser einfache Satz beschrieb genau die Art von Beziehung, die mein Vater in Zukunft gern zu seinem Kellerbüro gehabt hätte. Man konnte den Rahmenmacher anrufen oder auch nicht, weshalb man ihn hätte anrufen sollen, war nicht ohne Weiteres klar, denn ein Geschäft oder eine Werkstätte gab es ja wohl nicht mehr, sonst hätte auf dem Schild »Wir sind umgezogen« und eine Adresse stehen müssen. Das Entscheidende aber war: Der Kontakt wurde gehalten, wenn auch ohne sofort ersichtlichen Zweck. Und vielleicht gefiel dieser Aspekt meinem Vater sogar besonders. Der fehlende Zweck. Und auf einmal konnte er verstehen, warum sein eigener Vater, als er seine zweite Ehefrau heiratete und in deren Haus nur eine Straße entfernt zog, einfach nur die Tür hinter sich zugezogen hatte, warum er den Haushalt, der der seiner ersten Frau und seiner zwei Kinder gewesen war, bloß hinter sich zurückließ, ohne ihn aufzulösen, wie man das nannte. Die Erklärung lag vielleicht nicht einfach, wie in der Familie überliefert, in seiner legendären Neigung zu Chaos und jeder Art von Unordnung, sondern in dem Wunsch, man könne etwas verlassen, sich notgedrungen weiterentwickeln, tun, was man zu tun hatte, ohne dass gleichzeitig die verlassene Welt unterginge.

Der Rückweg durch das Mauerloch war etwas weniger kompliziert als gedacht. Mein Vater ging teils mit schlechtem Gewissen, teils erleichtert wieder die Stufen zum Erdgeschoss hinauf. Draußen vor der Milchglasscheibe neben der Haustür hatte gerade die morgendliche blaue Stunde begonnen. Er machte sich einen Kaffee und wartete vor dem Fernseher im Wohnzimmer auf die erste Nachrichtensendung des Tages.

24

Angesichts der allgemeinen Lage in unserem Haus war es erstaunlich, dass meine Eltern noch zwei Besucher hatten. Besucher stellten bei uns ja immer eine besondere Gefahrenlage dar, denn natürlich führten viele Wege zu Blamage und Peinlichkeit, die meisten hatten allerdings damit zu tun, dass wir gezwungen waren, **aus** dem Haus zu gehen. Geradezu unausweichlich war der Gesichtsverlust allerdings, wenn man so leichtsinnig war, fremden Leuten auch noch freiwillig Zutritt zu gewähren. Alexander Fritsch, ein Mann, der für meine Mutter »der Fritsch« war und für meinen Vater »der Alex«, ein langjähriger ehemaliger Arbeitskollege meines Vaters, zehn Jahre jünger als er, aber um einiges erfolgreicher, wofür er von meinem Vater bewundert und nicht beneidet wurde, war mit seiner Ehefrau der letzte richtige Gast in unserem alten Haus und der erste ernst zu nehmende seit einigen Jahren.

Er kam nicht allein wegen meiner Eltern, sondern vor allem wegen der alle fünf Jahre in Kassel veranstalteten Kunstausstellung Documenta. Dass irgendwelche Leute, die nicht in Kassel wohnten und dort eigentlich auch gar nichts verloren hatten, nur wegen der Documenta in die Stadt kamen und dann aus praktischen Gründen, weil sie jetzt eben schon mal da waren, ihnen einen Besuch androhten, war in den Augen meiner Eltern immer schon ein großes Übel. Auch die fünf Jahre zwischen einer Ausstellung und der nächsten kam ihnen in diesem Zusammenhang immer sehr kurz vor.

»Der Fritsch will unbedingt auf die Documenta. Und er will mit seiner Frau bei uns vorbeikommen«, sagte meine Mutter am Telefon.

»Ach ja?«

»Da müssen wir denen doch was zu essen anbieten, was Richtiges …«

»Meinst du wirklich? Nein, das glaube ich nicht. Vielleicht nur einen Kaffee …«

Jemandem ein gekauftes Stück Kuchen zu servieren, war gerade noch denkbar, das Risiko war übersichtlich, verschiedene Konditoreien kamen als Lieferanten infrage, besonders das Café Lange, das meine Eltern jahrelang als sichere Bank in Tortenfragen betrachtet haben. Doch diesmal war sich meine Mutter sicher, dass es mit Kaffee und Kuchen auf keinen Fall getan wäre, Fritsch erwarte sicher eine richtige, eine valide Mahlzeit.

Allein die Vorstellung, eine außerhalb der Familie stehende Person, und damit meine ich jemanden außerhalb des engsten Familienkreises, bewirten zu müssen, jemanden, der weder mein Vater, meine Mutter oder ich war, meine Großeltern, die Schwester meines Vaters befanden sich genau genommen also bereits knapp außerhalb dieses Kreises, stellte eine Grenzüberschreitung dar. Jemandem Fremden etwas zu kochen, war entblößender, als sich tatsächlich vor ihm auszuziehen, es war eine Art Röntgenvorgang, der aber nicht innere Organe ausleuchtete, sondern sich auf etwas anderes richtete, er zeigte überhell, fast grell unsere Lebenstauglichkeit beziehungsweise -untauglichkeit. In unseren eigenen vier Wänden, dem sich in unseren Räumen unaufhaltsam vorwärtsbewegenden, früher oder später stets hungrigen Gast ausgeliefert, waren wir am wehrlosesten. Unser ganzes Unvermögen – geschmacklich, organisatorisch, praktisch – lag dann wie auf einem Tablett dargeboten vor ihm. Deshalb war natürlich zu verstehen, warum meine Eltern gegen diese Art Grenzüberschreitung Widerstand leisteten, solange es nur irgend ging, seit Jahren hatten sie keine Einladungen mehr ausgesprochen, auch in Fritschs Fall hatten sie das natürlich nicht getan, Alexander Fritsch hatte sich mehr oder weniger selbst eingeladen.

Dass es ihnen in der Vergangenheit schon oft gelungen war, einen Gast zu bewirten, bedeutete offenbar nichts für meine Eltern, dass eine bei uns eingenommene Mahlzeit noch nie zu spontaner Krankheit oder

Zerwürfnis geführt hatte – meine Eltern hatten sich über die Jahre mit vielen Leuten entzweit, nie aber wegen des bei ihnen eingenommenen Essens –, änderte nichts daran. Dafür, dass man Fremden nichts Selbstproduziertes anbot, gab es aber auch ideologische Gründe. Meine Mutter sprach schon in meiner Kindheit oft von den sogenannten »guten Köchinnen«, »Die Sowieso ist ja eine richtig gute Köchin« oder »Die ist auch so eine perfekte Köchin«, mir schauderte bald vor diesen Frauen, denn die Bezeichnung »gute Köchin« war ein Code, er bezog sich auf einen bestimmten Typus Frau, dem von Grund auf zu misstrauen war. Die guten Köchinnen waren allesamt patente, harte, überfunktionierende Frauen, die anderen mit ihren perfekt orchestrierten Speisen Gemütlichkeit und Wärme vortäuschten, während es ihnen in Wirklichkeit nur um Selbstbehauptung und Demütigung der Konkurrenz ging – Sigrid, die Schulfreundin meiner Mutter, kochte ihre Gäste nach französischen Spezialkochbüchern in Grund und Boden –, Kategorien, mit denen meine Mutter nichts zu tun haben wollte.

Es gab eine kurze Phase, in der meine Eltern in allen vier von uns bewohnten Häusern in Hinblick auf Gäste fast eine Routine entwickelt hatten, nicht dass sie oft Leute eingeladen hätten, das nicht, auch die Nervosität vorher blieb etwa gleich hoch, meine Mutter hätte auch niemals selbst etwas gekocht, aber es entwickelte sich ein Prozedere, meine Eltern wussten, wer ihnen Speisen liefern konnte, welche Spirituosen sie bereithalten mussten. Der Umgang mit Gästen war meinen Eltern zwischenzeitlich wie etwas zwar Mühseliges, aber letzten Endes Machbares vorgekommen, und ich erinnere mich an ein paar Abende in den Neunzigerjahren, an denen es bei uns von ausgelassenen Gästen wirklich nur so wimmelte, und meine Eltern, gelöst mittendrin, in einer Art Glücksrausch.

Aber als Fritsch seinen Besuch ankündigte, war auch das schon lange her. Unvorstellbar, diesen Fritsch und seine Frau zu verköstigen und auch nur ansatzweise die persönliche Würde zu bewahren. Fast täglich sagte meine Mutter jetzt, der Umzug war für eine kurze Weile sogar in den Hintergrund geraten, sie wisse ja gar nicht, was sie mit diesem Fritsch-Besuch machen solle, oh, wenn doch nur dieser Fritsch nicht auch noch käme. Ausgerechnet er, der im Restaurant regelmäßig Speisen zurückgehen lasse und mit seinen Wünschen und Vorstellungen Sommeliers in den Wahnsinn treibe, sie und mein Vater hätten das oft genug miterlebt. Sie müssten ihm absagen, Krankheit vortäuschen oder rechtzeitig tatsächlich krank werden, meine Mutter beherrschte das ohne Weiteres, aber der scharfsinnige Fritsch würde das selbstverständlich sofort durchschauen und meinem Vater die Freundschaft kündigen.

Überhaupt diese Heuchelei, dass all die Leute um sie herum sich urplötzlich für Kunst interessierten und einen auf Kultur machten, jetzt, da sie für alles andere zu alt wären, meine Schwiegereltern seien ja genauso und würden Studienreise auf Studienreise buchen. Als sie selbst in den Achtzigerjahren in Kassel damit angefangen habe, sich intensiv für moderne Kunst zu interessieren und Ausstellungen zu besuchen, da sei sie immer mutterseelenallein durch die Hallen spaziert, niemand in Kassel habe sich für moderne Kunst interessiert und sie sei bestenfalls belächelt, meistens sogar offen ausgelacht und verhöhnt worden, wenn sie etwas von einer Ausstellung erzählt habe, inzwischen seien jedoch alle Leute, die sie von früher kenne, geschlossen in den Kunstverein eingetreten, wo sie jetzt dieselbe völlig abartige Atmosphäre verbreiteten, die sie früher im Tennis- oder Golfklub verbreitet hätten. Dass aber sie, meine Mutter, jetzt für diese plötzliche Kulturbeflissenheit, die gewöhnliche Leute dazu bringe, ausgerechnet gegen Ende ihres Lebens noch Unmengen an Wissen und wertvollen sinnlichen Eindrücken anhäufen zu wollen, so bezahlen müsse und diesen Fritsch an der Hacke habe, das sei nicht in Ordnung.

Da hatte ich eine besonders gute Idee, wie ich glaubte. In manchen der italienischen Restaurants, die ich in Berlin kannte, wurden besonders im Sommer

Vorspeisenteller gereicht, die aus etwas Schinken und Aufschnitt, aber vor allem aus verschiedenen Käsesorten bestanden, garniert mit getrocknetem Obst, Nüssen, Pinienkernen und etwas Honig. Ich hielt einen solchen Teller als Mahlzeit für Fritsch für eine zeitgemäße, kluge und vielleicht sogar gewitzte Art, sich aus der Affäre zu ziehen, etwas zu servieren, ohne tatsächlich kochen zu müssen. Meine Eltern waren nicht besonders angetan. »Du meinst, wir sollen ihm einfach eine Käseplatte hinstellen? Mit irgendwelchem Zeugs daneben?«, fragte mein Vater. Früher hätten sie sich in ihrem Perfektionsdrang ein ganzes kaltes Buffet für ihre beiden Gäste anliefern lassen, an dem hätten die Eheleute Fritsch wie zwei Wiedergänger früherer, zahlreicherer Gäste, genau genommen also Geister, mit ihren Tellern auf und ab wandeln können, während sie sich Essen auftaten und sich, ohne ein Wort zu sagen, nur mit dem allerkürzesten aller ehelichen Verständigungsblicke über ihren synchronen Gedanken austauschten, dass man an diesem übertriebenen Buffet mal wieder sehe, warum meine Eltern so ziemlich alles in ihrem Leben in den Sand gesetzt hätten, dass sie wirklich nicht mit Geld umzugehen wüssten, ein Thema, über das sie endlos staunen konnten. Aber meine Eltern waren ja längst zu resigniert, die Schlacht war theoretisch schon geschlagen und natürlich verloren. Sie konnten es nicht artikulieren, aber sie hatten keine Lust mehr, wegen ihrer Großzügigkeit belächelt zu werden. Lieber wegen ihrer Doofheit, also beugten sie sich der Käseplatte. Das Sich-Aufregen und Aufbäumen, das Noch-irgendetwas-retten-Wollen, einer der bis dahin alles im Gang haltenden Impulse im Leben meiner Eltern, war im Begriff, bald nur noch Folklore zu sein. Nur ich kapierte das seltsamerweise nicht, ich war fast erfreut, dass meine Eltern meine Ratschläge beherzigten, fertigte Skizzen von Tellern an, zeichnete ein, wo was zu liegen hätte, wie garniert, und schickte ihnen, wenn ich mich recht entsinne, auch Fotos mit besonders gekonnten Arrangements, die ich in Restaurants gemacht hatte.

Es versteht sich von selbst, dass der Tag nicht gut begann. Es war, obwohl schon September, furchtbar heiß. Als mein Vater im Café Lange die vorbestellte Käse-Sahne-Torte abholen wollte, die seit Jahrzehnten von jedermann in Kassel hoch gelobt wurde, also als beste Torte der Stadt galt, von der man aber – vielleicht aus irgendwelchen verrückten neoliberalen Motiven der künstlichen Verknappung – immer nur eine begrenzte Menge herstellte, erfuhr er, dass sie fälschlicherweise frühmorgens in die Auslage geraten und auf der Stelle verkauft worden war. Man speiste ihn mit einer Himbeercremetorte ab, was mir meine Mutter umgehend telefonisch mitteilte, »das glaubst du nicht, diese Provinz-Stümper, noch nicht mal eine vorbestellte Torte können sie für einen aufheben«.

Meine Eltern waren sich im Nachhinein einig in der Feststellung, dass Fritsch und seine Frau schon gleich zu Anfang verständnislos und irritiert auf das vor ihnen liegende Sammelsurium geschaut, die Brocken Pecorino, Parmesan, Taleggio, Bel Paese, Manchego und den Gorgonzola, die getrockneten Früchte, die Nüsse und den Honig unverwandt gemustert hätten, sie hätten dann aber doch, als sie begriffen, dass das alles war, auf das sie hoffen konnten, erschöpft und ausgehungert seien sie ja von dem Ausstellungsbesuch schließlich auch gewesen, angefangen zu essen. »Das hat man jetzt so«, habe mein Vater angefangen zu erklären, »mit dem Honig und dem Käse …«, sei dann aber verstummt, als meine Mutter ihn drohend ansah. Fritsch habe schließlich ein paar miese Witze über den (von mir ebenfalls empfohlenen) Roséwein gemacht, den altbekannten, warum man denn so etwas trinken solle, wenn doch in Deutschland die Wasserqualität so gut sei, haha. Meine Eltern fühlten sich nach kurzer Zeit ausreichend entehrt, befanden sich also in dem seelischen und sozialen Zustand, mit dem sie bestens vertraut sind.

Selten ist das Medium Zeit zäher gewesen als an diesem Nachmittag, das Medium Zeit, über dessen Flüchtigkeit meine Mutter sich sonst so grenzenlos aufregte, lag an diesem Nachmittag in unserem alten Haus in Kassel in einem Aggregatzustand vor, der erlaubt hätte, es in Stücke zu schneiden und in Kartons zu verpacken, in maximaler Ausbreitung und Dichte. Die von meinen Eltern mit dem Ehepaar Fritsch gemeinsam in unserem schwarz-weißen Wohnzimmer auf den Bauhaus-Sofas vor bereits leer geräumten Regalen verbrachte Zeit war etwas, gegen das das Zeittotschlagen in Arztwartezimmern, Krankenhausnotaufnahmen an Feiertagen und Wochenenden, in Meldeämtern und Finanzbehörden oder in verspäteten und überfüllten Zügen geradezu animierend und belebend ist, eine luftige Angelegenheit sozusagen. Rasch gab es nichts mehr zu sagen, und was neu war, es wurde auch nichts mehr gesagt, nicht von meinem Vater, aber auch nicht von meiner Mutter. Normalerweise oder bis zu diesem Tag im September hätten solch monströse Redepausen unweigerlich den »Ich rede mich jetzt um Kopf und Kragen«-Reflex meiner Mutter in Gang gesetzt, auf den jahrzehntelang Verlass gewesen war, dieser wäre per se gar kein Problem, weil sich viele Leute, die meisten eigentlich, ständig um Kopf und Kragen reden, allerdings, ohne sich groß darum zu scheren, bei meiner Mutter war der Reflex jedoch untrennbar mit einer Art mentalen Schluckaufs oder Aufstoßens verbunden. Die von ihr gesagten Worte, sogar ganze fortlaufende Dialoge, die Seiten gefüllt hätten, hätte man sie aufgeschrieben, an die sie sich immer erstaunlich präzise erinnern konnte, suchten sie später in voller Wucht heim, kamen am nächsten Tag oder schon in der Nacht in ihr hoch und sie begann sich sehr für ihre Dummheit, die meistens ohnehin niemandem weiter aufgefallen war, die sie selbst aber übergroß und unverzeihlich fand, zu schämen und geriet in einen katastrophalen Geisteszustand, der mit totaler physischer Erschöpfung einherging und meist mehrere Tage anhielt. Dass der mentale Schluckauf ihr bevorstand, war ihr natürlich aus Erfahrung bereits klar, während der »Ich rede mich jetzt um Kopf und Kragen«-Reflex sich ihrer bemächtigte, und diese Gewissheit machte sie wütend. Ihre Wut befeuerte wiederum ihren Wagemut und Extremismus beim Reden, ihre Bereitschaft, von allen ungeliebte Wahrheiten auszusprechen und vermeintlich spießige Gesprächspartner zu provozieren, und diese verbale Zügellosigkeit, die sich währenddessen manchmal sogar gut anfühlte, sie beflügelte, verschlimmerte aber letztendlich immer ihre Scham und die Intensität des Mental-Schluckaufs, der unausweichlich folgte. Das Ehepaar Fritsch mit seinen eher konservativen Ansichten war eigentlich wie gemacht dafür, um den Mechanismus meiner Mutter in Gang zu setzen, das in gewisser Hinsicht perfekte Gegenüber, früher wäre sie ohne Zweifel sofort in die Rolle der hitzigen Revoluzzerin geschlüpft, sie hätte so lange geredet, bis ihre Gäste sie nach anfänglichem Widerspruch nur noch mit weit aufgerissenen Augen angestarrt hätten. Dieses Mal allerdings geschah nichts von alldem. Es war, ohne dass es abzusehen gewesen wäre, eine komplette und totale Ratlosigkeit über meine Eltern gekommen.

Doch etwas hatten sie noch in der Hinterhand an diesem heißen Nachmittag, und das ist auch typisch für meine Eltern, vollkommen hoffnungslos zu sein und dann in letzter Minute noch irgendetwas hervorzuzaubern, zum Beispiel eine Himbeercremetorte. Mein Vater hatte sie wegen ihrer Größe nicht in den Kühlschrank gestellt, sondern im kühlen Keller zwischengelagert, er musste sie nur noch schnell heraufholen. Das Geräusch der Holztreppe in unserem vermaledeiten Haus habe ich noch heute genau im Ohr, ich habe es sehr gemocht, die unverbundenen, auf einen Metallrahmen montierten Stufen waren für mich wie ein Instrument, eine Art Xylophon, das über alles Mögliche Auskunft gab, über Stimmungen und allgemeine Verfasstheit, meine Eltern bewegten sich immer bemerkenswert schnell auf dieser Treppe. War jemand vom Erdgeschoss in den Keller, also abwärts, unterwegs, dann entstand ein Geräusch, das an einen Stift erinnerte, der in Fahrradspeichen gehalten wird, in der Gegenrichtung nach oben klang es dumpfer. Das Geräusch, das an diesem Nachmittag die Stille im Wohnzimmer beendete, klang aber ganz anders, so, als hätte sich ein großer Vogel, etwa ein Albatros, in den Stufen verfangen, als hätte er versucht, sich in die Luft zu heben, und als habe ihn mitten im Startvorgang die Kraft verlassen. Es flatterte etwas sehr heftig, dann ging etwas anderes zu Boden, ein nasser Schwamm in einem Klassenzimmer landet mit einem sehr ähnlichen Ton. Als sie erschreckt nachsahen, hielt mein Vater, unnatürlich überstreckt über den Stufen liegend, seltsam dahingegossen, den Pappkarton des Café Lange noch fest, die Torte befand sich natürlich längst nicht mehr darin.

Der Unfallchirurg, der später die Platzwunde am Kopf meines Vaters zusammenklammerte, wunderte sich nicht über die große Menge von Blut auf seinem hellblauen Hemd, wohl aber über die rosafarbenen Flecken. Zur gleichen Zeit waren »der Fritsch« – oder »der Alex« – je nachdem – und seine Frau in ihrem schnellen Auto bereits wieder auf dem Rückweg nach Köln, tief schweigend nebeneinandersitzend, zum ersten Mal seit sehr langer Zeit bewusst und unumgänglich ernüchtert, fast verstört.

25

Nach dem Fritsch-Besuch begann die Zeit, die mein Vater lange Zeit »das große Schweigen« nannte, was vielleicht eine etwas zu pompöse Bezeichnung ist und zu meinem Vater, der in der Regel eher unter- als übertrieb, gar nicht passte. Es klang, als habe meine Mutter Monate, wenn nicht noch länger geschwiegen, aber tatsächlich dauerte das »große Schweigen« bloß ein bis zwei Wochen. Mein Vater konnte sich aber nicht entsinnen, wann er und meine Mutter davor zum letzten Mal richtig miteinander gesprochen hatten, mehr als ein paar Worte, wann das letzte Mal so etwas wie Normalität zwischen ihnen beiden geherrscht hatte, meine Mutter verweigerte zu diesem Thema wieder einmal die Aussage. »Warum willst du das wissen?« Ob es in der Ambulanz des Roten Kreuzes war, wohin meine Mutter ihn in ihrem schwarzen Smart, den sie damals noch besaß, transportierte, nachdem er den Krankenwagen, den das Ehepaar Fritsch angesichts seiner unnatürlichen Körperhaltung unmittelbar nach dem Sturz dringend empfohlen hatte, »vielleicht hat er sich das Rückgrat verletzt, das weiß man nie«, brüsk abgelehnt hatte, »so ein Quatsch, mir geht es gut«. Keine weiteren Worte der Erklärung, keine detaillierte Auskunft über seinen Zustand, so wie er es immer machte, mein Vater schwieg kategorisch, wenn man etwas von ihm erfahren wollte, als wären seine Worte rationiert, er saß mittlerweile auf den Treppenstufen und hielt ein Handtuch gegen die Wunde an seinem Kopf, sie blutete immer noch stark.

Im Krankenhaus hatte meine Mutter kurzzeitig einen unerwartet aufgeräumten Eindruck erweckt, mein Vater hatte fast schon Hoffnung geschöpft, geglaubt, dass sein Unfall so etwas wie einen kathartischen Effekt auf meine Mutter gehabt hatte, vielleicht einen Neuanfang bedeutete. Er nahm sich vor, von nun an mehr auf meine Mutter zu hören, die geforderten Dinge tatsächlich wegzuwerfen und nicht bloß umzuverteilen. Der Begriff »Deus ex Machina«, den er in der Schule gelernt hatte, kam ihm nach Jahrzehnten zum ersten Mal wieder in den Sinn. War die Torte der »Deus ex Machina«? Oder das gesamte Ereignis seines Sturzes? Oder vielleicht er selbst? Er wusste es nicht. Es stimmte ihn zuversichtlich, dass meine Mutter sogar mit den Krankenschwestern Konversation machte, den diensthabenden Oberarzt fragte, ob nach der Entlassung meines Vaters auf irgendetwas zu achten sei. Aber das war eigentlich nicht weiter erstaunlich, denn meine Mutter nahm in Situationen, die sie für sich selbst als offiziell begriff, immer Haltung an, Contenance. Aber als sie aus dem Krankenhaus nach Hause kamen: vorbei. Die Contenance meiner Mutter? Hatte es sie je gegeben? Meine Mutter streifte die Schuhe noch in der Eingangstür ab und ließ ihren dünnen hellgrauen Blazermantel auf einen Stuhl fallen, sie raufte sich die Haare und verrieb, weil ihre Augen sie wieder einmal schmerzten, ihr Augen-Make-up zu großen dunkelgrauen Ringen, binnen weniger Minuten war sie äußerlich eine vollkommen andere Person geworden. Es hat mich schon immer fasziniert, wie mitgenommen meine Mutter in einem Moment aussehen kann und dann wieder wie gut im nächsten, welche Bandbreite an Erscheinungsformen ihr in kürzester Zeit zur Verfügung stehen, wie schnell sie zwischen ihnen hin und her wechseln kann. Sie ging gar nicht erst ins Wohnzimmer, wo noch die Überreste des Fritsch-Imbisses standen, das Trockenobst sah so dürftig aus, wie Trockenobst immer schon ausgesehen hat, bevor größenwahnsinnige Berliner Edel-Imbiss-Besitzer es zur exquisiten Delikatesse erklärten, auf dem Sideboard die von den Fritschs mitgebrachten Sonnenblumen, unpassend lebensbejahend vor sich hin blühend.

Kraftlos schleppte sich meine Mutter die üble Treppe hoch, durchquerte den Vorraum und schloss sich, als habe sie das schon seit Langem vorgehabt, im Schlafzimmer ein. Tagelang schien sie es nicht zu verlassen.

Mein Vater konnte jetzt Tag und Nacht das Geräusch des Fernsehers hören. Wann und wie sie von nun an etwas aß, wusste mein Vater nicht, sie verweigerte jedenfalls alle auf einem Tablett zu ihr transportierten und vor der Schlafzimmertür abgestellten Speisen, auch das wie sonst für sie in der Küche hinterlegte Essen, die von ihm morgens eigens geholten Brötchen, das frische Obst, das Müsli aus dem Bioladen, sie hatten ja wegen der Zeitverschiebung, die zwischen ihnen herrschte, sowieso nicht regelmäßig miteinander gefrühstückt, vielleicht bloß am Wochenende, aber es war üblich, dass mein Vater die von meiner Mutter gerade favorisierten Dinge (ihre Ernährungsgewohnheiten wechselten ständig und radikal, mal wünschte sie sich zum Frühstück buttrige Croissants, mal nach strengen Kriterien geschrotetes Müsli) besorgte und in der Küche deponierte. Einmal kam er vom Einkaufen zurück und hatte den Eindruck, als läge die Brötchentüte an einer anderen Stelle als vorher, als habe sie meine Mutter in seiner Abwesenheit ungehalten zur Seite gefegt, auch die eigens für sie am Kiosk besorgten Zeitungen und Zeitschriften schien sie nicht weiter zu beachten. Eines Morgens glaubte er in der ansonsten perfekt gesäuberten Küche Müsli-Rückstände aus der Nacht zu entdecken, es beruhigte ihn, dass sie wenigstens nicht, wie er anfangs befürchtet hatte, in einen Hungerstreik getreten war. Nachts hörte er sie im Obergeschoss stundenlang hin und her gehen, sogar in den frühen

Morgenstunden, wenn sie sonst immer schlief. Das einzige Gut, über das sie einen Austausch pflegten, war das Mineralwasser. Morgens stellte er drei große Flaschen vor der geschlossenen Tür der sogenannten Galerie im Obergeschoss, die vor ihrem Schlafzimmer lag, ab und nahm die leeren Volvic-Flaschen wieder mit. Warum sie das Wasser akzeptierte, alles andere aber ablehnte, verstand er nicht, in der speziellen Logik meiner Mutter gab es dafür aber sicher eine Erklärung.

26

Und ich? Ich gefiel mir immer noch darin, explizit nicht nach Kassel zu unserem HAUS zu fahren, ich machte sogar anderen Leuten gegenüber, vielleicht bei meinen Kollegen während des Mittagessens in der Kantine, Bemerkungen über meine komischen Eltern, die gerade dabei seien, aus ihrem Haus auszuziehen, die gingen mir ja auf die Nerven, das sei ja nicht in Worte zu fassen. Wahrscheinlich rollte ich auffällig meine Augen und seufzte, dabei war ich in all den Jahren oft »nach Hause«, wie ich es selbstverständlich nannte und damit nicht meine Berliner Wohnung meinte, gefahren, was ich bei diesen Gelegenheiten natürlich nicht sagte. Es gab für meine Ankünfte sogar ein Ritual. Immer wenn ich meine Eltern von meinem Studienort oder später von Berlin aus besuchte, war ich im Grunde schon mitten im Satz, sobald mein Vater mich am Bahnhof in Empfang nahm. Durch das Gangfenster des sich bis zum Stillstand verlangsamenden ICE sah ich bereits sein Gesicht und konnte sogar erkennen, dass er sich freute, mich, sein einziges Kind, vom Zug abzuholen, aber ich kannte keine Gnade, ich hielt mich nicht lange auf mit Begrüßungsfloskeln. Ich sagte unumwunden: »Ihr müsst das Haus verkaufen, meine Mutter hält es nicht mehr aus.«

Das war nämlich der springende Punkt: Mein Vater mochte ja das HAUS. Ich goss meine Argumente über ihm aus, alles hatte zu tun mit unserem Unglück, das ich damals noch glaubte lindern, wenn nicht besiegen und ausmerzen zu können, vollkommen luzide schien mir meine Forderung, meine Mutter müsse von dem Haus befreit werden, als ginge es um ihre Emanzipation als Frau. Ich kann mich heute sonderbarerweise kaum noch an die Argumente erinnern, die ich ins Feld führte, vielleicht sagte ich etwas von Überforderung und Größe des Hauses, damals jedenfalls kamen sie mir geradezu überwältigend vor. Ich wollte, dass mein Vater vor meiner Argumentation kapitulierte, in die Knie ging. Dass er einsah, dass es nur eine Lösung für uns gab: Das HAUS, diese unerträgliche Manifestation des Spießbürgertums, musste weg. Ich konnte jedes Mal sehen, wie mein Vater zuerst erstaunt und dann entsetzt war über die Härte seiner Tochter, diese Härte schien ihm der seiner Frau sehr verwandt. Ich sah ihm an, dass er sich wieder als Kind fühlte, dass nicht mein fünfzig- oder sechzigjähriger Vater neben mir das Auto steuerte, sondern eigentlich ein trauriges Kind, manchmal standen ihm sogar Tränen in den Augen, was ich ebenfalls von der Seite sehen konnte, mich aber nicht innehalten ließ. Vielleicht machten mich seine Tränen sogar noch wütender.

Ich gab für eine kurze Weile vor, nicht zu wissen, dass sich viele Leute, wenn nicht alle, in den entscheidenden Momenten immer noch als die Kinder fühlen, die sie waren, und sich die unvermeidliche Frage stellen: Wie konnte mir das alles nur passieren? Und so fragte sich auch mein Vater hinter dem Steuer das Naheliegende: Wie war er da nur hineingeraten? In diese Situation, wo er die meiste Zeit nur noch der Quell allen Übels war. Aber was hatte er schon verbrochen? Nur weil er beschlossen hatte, seiner Familie ein Haus zu bauen? Und noch nicht einmal einfach so, sondern als sie eins brauchte. Etwas Gewöhnliches, Grundsätzliches, Simples, etwas, das viele Menschen taten. Auf dem Weg vom Bahnhof nach Hause, der Weg war nicht gerade weit, nutzte ich immer aus, dass ich in der Lage war, viel schneller zu reden als er, ich steigerte mich in Kaskaden von Vorwürfen hinein. Manchmal schrie ich nur noch mit schriller Stimme, mal redete ich möglichst sonor, als hielte ich ein Plädoyer vor Gericht. Der Höhepunkt der Hausverrücktheit, die auch mich ergriffen hatte. Wenn wir vor dem Haus parkten, sah ich, wie der Vorhang sich bewegte, weil meine Mutter dahinterstand, in Sorge, wo wir denn blieben, und ich wurde augenblicklich wieder zahm. Rasch stieg ich aus und eilte die Stufen zur Eingangstür hinauf, ehrlich erfreut, endlich wieder zu Hause zu sein.

27

Ein Ereignis spielte allerdings in der äußerlich eintönigen und gleichförmigen Zeit des »großen Schweigens« im Nachhinein eine bedeutende Rolle: der Abendspaziergang, den meine Eltern überraschend gemeinsam unternahmen. Sie erzählten mir erst viel später davon, und es ist auch nicht so, dass sie bewusst oder geplant zusammen aufbrachen. Wie es dazu kam, obwohl sie damals bereits Tage und Wochen nicht miteinander gesprochen hatten, lässt sich leicht rekonstruieren, denn eigentlich hatte mein Vater das Schweigen meiner Mutter, das in Wirklichkeit ein totaler Rückzug war, es ging ja nicht bloß darum, dass sie nichts mehr zu ihm sagte, sondern dass sie tagsüber gar nicht mehr aus ihrem Zimmer kam, nicht mehr ans Telefon ging, ihr Handy nicht abnahm, egal, wer anrief, auch dieses Mal überschätzt und für unüberwindlich gehalten; so wie er die Rückzüge meiner Mutter, die über die Jahre immer zu ihrer Ehe gehört haben, oft überschätzte und gar nicht verstand, dass sie damit natürlich etwas sagen wollte und dass sie sich letztendlich wünschte, dass jemand sie aus ihrem Rückzugsort befreite und nicht bloß abwartete, bis alle Affekte verpufft waren.

Selbst mein Vater aber konnte nicht vermeiden zu bemerken, dass meine Mutter fast täglich zur etwa selben Zeit, abends gegen sieben, das Haus verließ. Eines Tages lief er ihr hinterher, und auch jetzt fiel ihm nicht auf, dass er etwas tat, das er schon oft getan hatte. Sich etwas überzuziehen und in die Dunkelheit oder mindestens in die Dämmerung hinauszugehen, tatsächlich mit wehendem Mantel, war ein Ritual meiner Mutter, wenn sie besonders verzweifelt war, wenn all ihre verbalen Ressourcen aufgebraucht waren. Das Ritual bestand darin, erst noch eine Weile vor meinem Vater oder mir (bei mir höchstens bis zur nächsten oder übernächsten Straßenecke, schließlich war ich ihr Kind) davonzulaufen, um sich dann einholen zu lassen. Meine Mutter musste das Gefühl bekommen, sie verwegen und von ihren Angehörigen unverstanden vorneweg eilend, der jeweilige Bittsteller schwer atmend hinterher, ihre physische und psychische Unabhängigkeit ausreichend behauptet zu haben. War diese Unabhängigkeit in ihrem Sinne etabliert, dann konnte man sich nach einer Weile wieder ganz normal mit ihr unterhalten, manchmal war sie dann sogar besonders beschwingt und einfallsreich.

Mein Vater, der früher öfter Sport getrieben, Tennis gespielt hatte, ein ziemlich guter Skifahrer gewesen war, aber irgendwann, sogar als er noch verhältnismäßig jung war, all das ohne besondere Gründe aufgegeben hatte, musste sich sehr bemühen, mit dem Tempo meiner Mutter Schritt zu halten, besonders da meine Mutter zunächst bergauf Richtung Wald und Rehwiesen unterwegs war. Ihr Gehstil war das Resultat ihrer vielen New-York-Reisen, schon bei der ersten mit mir zusammen in einem verschneiten Januar vor langer Zeit hatte sie New York sofort als ideale Stadt ausgemacht, mit idealen Bewohnern, die sich im idealen Tempo auf den Straßen bewegten. »Ich gehe jetzt auch, wie die Leute in Manhattan auf der Straße gehen, ich schleiche oder schlendere nicht wie diese Provinz-Idioten in Deutschland, wo alle nur so lächerlich herumspazieren, ich gehe, als hätte ich es eilig, als hätte ich ein Ziel, auch wenn ich eigentlich keins habe. Geh doch nicht so langsam, das ist ja unerträglich!«, sagte sie zu mir, wenn wir unterwegs waren. So kam es, dass meine Mutter und ich auf unseren Spaziergängen in meinen Semesterferien den Teich im Wilhelmshöher Schlosspark in dreifacher Geschwindigkeit im Vergleich zu den anderen Spaziergängern umrundeten, mein Vater wartete währenddessen im Café oder im Auto.

Mein Vater folgte meiner Mutter, stolperte mehrmals fast und es kam ihm dann so vor, als hielte meine Mutter für eine Sekunde inne, um sicherzugehen, dass er nicht hingefallen wäre oder sich gar verletzt hätte, bevor sie dann aber doch weiterstapfte. Sie waren jetzt im oberen Teil von Harleshausen angelangt, dort, wo die Grundstücke schon immer teurer gewesen sind, wegen der Nähe zum Wald und des besseren Ausblicks, hier lebten noch viele von den Leuten, die sie früher gekannt hatten. Meine Eltern hatten sich damals ja schon aus dem sozialen Leben Kassels fast vollständig verabschiedet, jetzt gingen sie an den Häusern der früheren Bekannten vorbei und versuchten, an ihnen etwas über das ihnen inzwischen verborgene Leben ihrer Bewohner abzulesen. Waren sie zu Hause oder verreist? Brannte Licht? Sahen die Häuser und Gärten gepflegt aus – so wie früher immer, was bedeutete, dass es den Bewohnern gut ging. Meine Eltern fühlten, ohne dass sie miteinander darüber sprachen, wie Sehnsucht und Wehmut in ihnen aufstiegen.

Nachdem sie mit der Rasenallee den höchsten Punkt von Harleshausen erreicht hatten, jetzt sogar neben- und nicht mehr hintereinander herlaufend, gingen sie aber nicht wie sonst und wie eigentlich naheliegend die Seebergstraße oder die Ahnatalstraße hinunter, sondern machten den Bogen noch etwas größer zur Eschebergstraße, warum, ist ungeklärt, eigentlich ein Umweg. Umwege und Umleitungen haben sich für meine Eltern selten als gute Idee erwiesen, trotzdem machten sie sie bei jeder Gelegenheit und, ohne dass sie sich dessen bewusst waren, ersehnten sie eigentlich den Umweg. Wenn sie mit dem Auto in einen Stau gerieten, verließen sie sofort die gewählte oder vom Navigationsgerät vorgegebene Route und gelangten jedes Mal verlässlich in die »totale Walachei«, wie sie das auf den Umleitungsrouten durchquerte Gebiet immer nannten. In dieser totalen Walachei schien die Welt stets ohne Hemmung oder Scham ihre geballte Hässlichkeit und Gastfeindlichkeit zur Schau zu stellen. Wenn sie sich dann Stunden später wieder auf die richtige Autobahn zurückgekämpft hatten, komplett am Ende ihrer Nervenkraft, waren sie immer ernüchtert und animiert zugleich von dem, was sie da gerade mit ansehen mussten. Die sich ihnen auf deutschen Provinz-Umleitungsstraßen und Umgehungswegen darbietende Hässlichkeit war immer eine Sensation für sie, fast ein Skandal. (»Du kannst dir nicht vorstellen, wo dein Vater und ich heute gewesen sind!«) Genauso war es mit dem kleinen Umweg an diesem Abend. So gerieten sie nämlich in den ziemlich unansehnlichen alten Harleshäuser Ortskern, den sie sonst meistens mieden, der von vielen Leuten immer noch »das Dorf« genannt wird, meine Freundin Sandi sagt manchmal sogar heute noch »Dörfli«, obwohl es für diese romantische Betitelung nicht den geringsten Anlass gibt, nicht einmal im Scherz. Wären meine Eltern nicht ins sogenannte »Dorf« geraten, das sogenannte »große

Schweigen« wäre vermutlich noch am selben Abend Vergangenheit gewesen, sie hätten sich vielleicht sogar über ein gemeinsames Abendessen, zumindest einen kleinen Imbiss verständigt.

Plötzlich standen sie aber vor dem Gemeindehaus in der Karlshafener Straße und schauten zufällig – aber hat in meiner Familie jemals irgendjemand auch nur für eine Sekunde an Zufälle geglaubt? – in den erleuchteten Saal. Meine Mutter war von dem, was sich dort abspielte, so erschreckt und zugleich fasziniert, dass sie zehn oder zwanzig Minuten den Blick nicht abwenden konnte. Später erzählte sie mir, dass sie selten etwas so unverstellt und in solcher Quintessenz wahrgenommen habe, sie sei in der Dunkelheit vor dem Gemeindehaus Empfängerin einer Epiphanie geworden. »Mir sind an diesem Abend für immer die Augen geöffnet worden, das kannst du dir nicht vorstellen.« »Komm, lass uns weitergehen«, sagte mein Vater, der zum ersten Mal seit Langem direkt das Wort an sie richtete, er hatte natürlich längst ein ungutes Gefühl, aber meine Mutter reagierte nicht, sie starrte nur stumm, als müsse sie den Anblick in sich aufsaugen. Versammelt hinter der Glasscheibe war der Kirchenchor der Gemeinde, in den Worten meiner Tante: die Harleshäuser Kantorei, eine Art Höchststufe des evangelischen Kirchenchors, meine Tante und mein Onkel waren dort jahrzehntelang Mitglieder gewesen. Hätte meine Tante damals noch gelebt, hätte sie sicher an diesem Abend zu den Probenden gehört. Gemeindechöre sind natürlich selten Horte der Jugendlichkeit, aber die Harleshäuser Kantorei, wie sie an diesem Abend zusammengekommen war, hätte ebenso gut der Chor eines Altenheims sein können. Oder eines Gefängnisses für ausschließlich alte Insassen, einer Seniorenhaftanstalt, die Sechzigjährigen seien »quasi die jungen Hüpfer« gewesen, sagte meine Mutter später, die meisten Chormitglieder hätten sich aber altersmäßig zwischen siebzig und neunzig befunden. Obwohl sie nicht ihr gemeinsames Auftrittsoutfit trugen, seien sie fast alle ähnlich angezogen gewesen. Voll Abscheu schilderte meine Mutter mir die Farbpalette, in der besonders die Frauen, und die meisten waren natürlich Frauen, gekleidet waren. Nicht in Dunkelblau, sondern in allen denkbaren Schattierungen dieses gräulichen Taubenblaus, das oft von älteren Leuten bevorzugt werde, aus nicht zu durchschauenden Gründen, dazu irgendetwas in Beige. Und selbstverständlich hätten sie fast alle graue kurze Haare gehabt, notdürftig in eine rundliche Form geschnitten, graue Töpfe also hätten sie über ihren teils runzligen, teils aufgedunsenen oder sonst irgendwie verfallenen Gesichtern gehabt. Dazu trugen alle diese entsetzlichen Lesebrillen auf der Nasenmitte, Halbbrillen, es schien nur dieses eine Modell zu geben, als würden diese Brillen zu Beginn der Chortreffen von jemandem verteilt, so wie man im

Kino vor der Vorstellung manchmal 3-D-Brillen ausgehändigt bekommt. Durch diese Brillen spähten sie auf die Notenblätter, was ihnen ein oberlehrerhaftes Aussehen verlieh, und während sie sangen und ihre Münder mit großer Mimik öffneten und schlossen, bewegten sie ihre Oberkörper langsam und linkisch hin und her. »Allein über diese besondere Körperhaltung streng evangelischer Leute könnte ich eine wissenschaftliche Abhandlung verfassen, diese protestantische Unbehaustheit im eigenen Körper, die der gute Protestant möglichst vierundzwanzig Stunden am Tag auszustellen hat, wäre ein abendfüllendes Thema für mich«, sagte meine Mutter später zu mir.

Meine Eltern konnten durch die gekippten Fenster sogar die dünnen Stimmen der Chormitglieder hören, nur eine Stimme habe an so etwas wie die Stimmlage eines Mezzosoprans erinnert, alle anderen Stimmen seien fragil und zittrig gewesen. Die Tatsache, dass sie als Chorsänger vollkommen ungeeignet waren, weil sie einfach nicht besonders gut singen konnten, sah man ihren Gesichtern aber nicht an, sie sahen aus, als wären sie überzeugt, durch ihr Singen eine große Schönheit in die Welt zu bringen, und waren davon völlig beseelt. Dieses Beseeltsein aber, das auf den ersten Blick so harmlos wirke, so harmlos wie kaum etwas anderes, vielleicht sogar anrührend, sagte meine Mutter, sei aber genau die Crux, und es sei ihr schon klar, wie charakterlich übel sie selbst dastehe, einer Gruppe älterer Leute, die offensichtlich allem irdischen Tand schon seit Langem abgeschworen hatten, auch noch das gemeinsame Singen absprechen zu wollen, aber vor diesem speziellen evangelischen Beseeltsein müsse man sich hüten, wo man nur könne, es sei sogar noch schlimmer als die Fremdheit im eigenen Körper, vielleicht seien aber, wenn sie darüber nachdenke, die Körper-Fremdheit und das Beseeltsein zwei Seiten einer Medaille, gehörten also zusammen, das eine existierte, um das andere zu kompensieren. Jedenfalls gehe das Beseeltsein einher mit einer totalen und ausschließlichen Humorlosigkeit und sei im Grunde nichts anderes als Ergriffenheit von sich selbst, Rührung über die eigene Person, und habe mit Gläubigkeit oder Religiosität gar nicht so viel, wenn nicht gar nichts, zu tun. Genau genommen sei es sogar ein Mittel, sich gegen jede Art von tieferer Empfindung zu panzern, es mache die Leute nicht weicher, sondern im Gegenteil härter, das habe sie schon lange beobachtet. Wie habe diese Kantorei doch auf der Beerdigung meiner Tante gesungen, geradezu jubiliert, daran habe sie sich plötzlich erinnert, diese Beerdigung sei sowieso mit das Seltsamste gewesen, das sie je erlebt habe, Hunderte von Trauergästen, darunter auch all die Bewohner von Harleshausen, denen meine Tante ohne Anlass, Vorwarnung oder tiefer gehende Bekanntschaft eines Tages vor der Haustür Blumen überreicht hatte. Wegen Platzmangels hatten die Leute sogar vor der Kapelle gestanden, aber es seien eigentlich keine Tränen geflossen, eine fast komplett tränenlose Trauerfeier, »nur dein Vater und ich haben geweint«, sagte meine Mutter. Die Kantorei habe nichts anderes zu tun gehabt, als erbauliche Auferstehungsgesänge anzustimmen, beseelter denn je zuvor, dabei sei doch trotz ihrer ganzen irren Religiosität niemand so vom diesseitigen Leben hingerissen gewesen wie meine Tante, auch wenn ihr selbst das gar nicht klar gewesen sei.

In der Dunkelheit vor dem Gemeindehaus, während sie eine Gruppe alter Leute beim Singen beobachtete, wurde meine Mutter von einem akuten Anfall von Zeitangst erfasst. Dafür hatte sie also ihr Leben hergegeben, ihre Freunde in Weinheim zurückgelassen, um unter diesen Leuten zu leben. Aber es ging nicht nur um Kassel als Ort, sondern auch um die Phase, für die es stand. Während nämlich Weinheim eine Wiedergutmachung ihrer unglücklichen Jugend gewesen war, eine Linderung ihrer Traurigkeit, als sie mit ihren Freundinnen Ingrid und Helga jeden warmen Tag des Sommers am Hemsbacher Wiesensee verbracht hatte, auf Decken im Gras lag und aufs Wasser schaute, hinter ihr die Hügel der Bergstraße, getaucht in dieses warme und milde Licht, das sie seitdem so nie wieder gefühlt hatte, ich spielte währenddessen mit den Söhnen der Freundinnen im Sand; als sie auf den Weinfesten auf den Tischen getanzt hatte, mit irgendwelchen gerade erst kennengelernten Leuten, als sie im Winter mit meinem Vater und mir im Odenwald Schlitten gefahren war; als sie in ihren schicksten Kleidern aus dem Neubaugebiet nach Mannheim oder Heidelberg aufgebrochen war und sich vollkommen lebendig gefühlt hatte, als alles spielerisch schien, war sie in Kassel in ein Erwachsenenleben katapultiert worden, dessen Regeln sie nicht verstand. Sie war nicht bloß vom Süden in den Norden umgezogen, sondern von der Jugendlichkeit in ein neues Lebensalter, und dieses mittlere Lebensalter, das sie durch den Umzug nach Kassel verfrüht begonnen hatte und das mit dem Verkauf des Hauses auch schon wieder unmissverständlich beendet war, war eine komplette Enttäuschung gewesen, und sie selbst empfand sich ebenso als Enttäuschung. Die Zeit, vor der sie immer schon Respekt und Angst gehabt hatte, deren wahre Beschaffenheit sie sich nie richtig erklären konnte, war nur an ihr vorbeigerast.

Ihre große Vorsicht in allen Zeit-Angelegenheiten, ihr schon früh geschärftes Vergänglichkeits-Bewusstsein hatte ihr, wie sie nun wusste, gar nichts genützt. Allerdings hatte sie sich jahrzehntelang nicht an besonders viel erinnern können, und wenn, dann nie sehr detailreich, die Vergangenheit war in ihrem Kopf eher wie ein Dunst gewesen. Aber seit Kurzem erschien ihr alles Vergangene wieder ganz nah und ganz klar, und das

Schlimmste daran war, dass jetzt alles bei ihr blieb, und dieses dauernde Wie-gestern-Anfühlen vergangener Zeit fand sie unerträglich. »Unfassbar«, sagte meine Mutter laut und meinte damit nicht die Kantorei, es ging um viel mehr. Sie setzte sich abrupt in Bewegung. Mein Vater, vom Spaziergang inzwischen ziemlich erschöpft, konnte ihr diesmal nicht so schnell folgen und meine Mutter wartete auch nicht auf ihn. Rasch hatte sie die Ahnatalstraße erreicht, bog ab und war für meinen Vater nicht mehr zu sehen. Als er die Haustür aufschloss, hörte er von oben wieder das Dröhnen des Fernsehapparats.

28

All die Dinge, die Sachen, die Habseligkeiten, der ganze Krempel, die Klamotten, in den Augen meiner Mutter ja alles nur übler Ballast, fielen genau zwei Tage später natürlich mit ganz unterschiedlicher Geschwindigkeit zu Boden, auch ging es in Wirklichkeit viel schneller, als ich mir im Nachhinein vorstellte. Mein Vater, der auf seinem Stammplatz in der kleinen Essecke in der Küche saß, also der Tür zugewandt und mit dem Rücken zum Fenster, an dem gerade alles vorbeiflog, wunderte sich zunächst nur über die Geräusche, es klang für einen Moment nach einem Unwetter, einem heftigen Regen, vielleicht sogar mit Hagelkörnern, bis mein Vater sich zum Fenster umdrehte, dauerte es einen Moment.

Aus dem Obergeschoss des Mietshauses meiner Großmutter über unsere Garage hinweg muss man das Ganze gut im Blick gehabt haben, aber fraglich, ob jemand von den uralten Bewohnern in genau diesem Moment zum Fenster hinaussah. Mein Vater konnte die gerade zu Boden rasenden Lippenstifte meiner Mutter nur schemenhaft erkennen, klein, in metallener Hülle und verhältnismäßig schwer flogen sie wie Projektile Richtung Erdmittelpunkt. Die fast vollständigen Jahrgänge der letzten fünfzehn Jahre der Modezeitschrift »Vogue« in französischer, italienischer, amerikanischer und britischer Ausgabe fielen allerdings mit übermäßig lautem Klatschen zu Boden, dann unendlich viele Dinge aus Stoff, teilweise fast lautlos dahinsegelnd, mehr Geräusch dann wieder durch all die Bettwäsche, teilweise noch aus der Aussteuer meiner Mutter. Mein Vater begriff endlich, dass meine Mutter die bei uns über die Jahrzehnte bei jeder Gelegenheit im Raum stehende Metapher, als allgemeine Zustandsbeschreibung oder Bestandsaufnahme (»Wir beiden Idioten haben ja alles, was uns lieb und teuer war, zum Fenster rausgeschmissen«, »Wir haben unser Leben zum Fenster herausgeschmissen«, »Was hätten wir aus unserem Leben machen können, hätten wir nicht alles so aus dem Fenster geschmissen« – meistens direkter Bezug auf den wahnsinnigen Bau des HAUSES), fast sogar als Motto oder Wahlspruch, so wie ihn sich adelige Familien geben (die: »Semper fidelis«, »Virtute et Exemplo«, »Herr, du leitest mich nach deinem Rath« etc., wir dagegen: »Wir schmeißen alles zum Fenster hinaus – einfach alles!«), endlich in die Tat umgesetzt, also aus dem Reich der Vorstellungen und leeren Drohungen in die Wirklichkeit transferiert hatte.

Die Sachen sammelten sich größtenteils auf dem Vorplatz der Einliegerwohnung auf der Rückseite des Hauses an, dort, wo vermutlich der Müllcontainer gestanden hätte, wäre er von meinem Vater tatsächlich bestellt worden, und bildeten einen beachtlichen Hügel. Manches, besonders leichtere Kleidungsstücke, blieb wegen des Herbstwindes an diesem Tag, der sie aus der direkten Falllinie wehte, in den schon halb kahlen Zweigen der beiden Apfelbäume hängen. Einige der vielen Blusen und japanischen Hemden meiner Mutter sahen aus wie absichtlich aufgespannt, ein, zwei Röcke wie an einen Haken gehängt. Zwei Schuhe, die aber nicht zusammengehörten, standen auf einem breiten Ast. Das Ganze wirkte wie ein Arrangement, wie eine absichtliche Komposition, wie eine dieser letzten Endes naiven Kunstinstallationen, die in den Achtziger- und Neunzigerjahren und vielleicht auch noch kurz nach der Jahrtausendwende sogar auf größeren internationalen Ausstellungen üblich gewesen waren: Fundstücke und Industrienationsmüll arrangiert als bissiger Kommentar auf die Wohlstandsgesellschaft. Ausstellungsbesucher verharrten damals meist betroffen und bekümmert vor dieser Art von dreidimensionalem Wimmelbild, sie glaubten sich und ihre Habe in den Dingen wiederzuerkennen, also in einen Spiegel zu schauen.

Mein Vater war mittlerweile die Treppe hinauf zum Schlafzimmer meiner Mutter gehastet, innerlich darauf eingestellt, die Tür vielleicht sogar mit Gewalt öffnen zu müssen, erstaunt stellte er dann aber fest, dass sie gar nicht verschlossen war, wie er geglaubt hatte. War sie vielleicht die ganze Zeit des »großen Schweigens« über offen gewesen? Er betrat das Zimmer und sah, wie meine Mutter ihren kleinen alten Fernseher vom Beistelltisch auf die Fensterbank hievte, allerdings noch unschlüssig, ob sie die Sache wirklich durchziehen sollte. Sie schien sich gerade in einem Prozess des Abwägens zu befinden, das konnte mein Vater an ihren schlaffer und mutloser werdenden Bewegungen erkennen. »Ich verstehe deinen Punkt«, sagte mein Vater zu meiner Mutter, »aber das wäre jetzt doch ein bisschen übertrieben.« Meine Mutter drehte sich müde zu ihm um.

»Wie geht es euch?«, fragte ich am Abend desselben Tages wie immer und völlig routiniert, eigentlich fast abgebrüht, am Telefon, ohne eine Ahnung, dass mein Vater die Zeit vom Frühstück bis zum Einbruch der Dunkelheit mit Bergungsarbeiten verbracht hatte.

Ungefähr so wie damals, etwa fünfzehn Jahre früher, als meine Mutter an einem bitterkalten Januarabend mit ihrer Freundin Heidi Richter im dichten Schneegestöber, Heidi hatte wie besessen von einem neuen Verehrer auf sie eingeredet, vom Weg abgekommen war und mit Heidi untergehakt in den hauchdünn mit Eis bedeckten Wilhelmshöher Schlossteich gefallen war, gerade in dem Moment, als sie sich über die unberührte weiße Fläche vor sich gewundert hatte. War da eigentlich nicht immer der ...? Beim Wort »Teich« war ihr nougatfarbener Nerz bereits (wieder) ein nasses Tier mit offenbar eigenem Willen (von ihr weg), und das Wasser, über dessen Temperatur sie in diesem Moment gar nichts hätte sagen können, so abstrakt kam es ihr vor, so abwegig, reichte bis über ihre Knie. Heidi, die gerade irgendein anzügliches Detail der Physiognomie ihres Verehrers geschildert hatte, fand die Fassung dennoch schneller wieder als meine Mutter und zerrte und zog sie hinter sich zum Ufer, während sich ihre in Winterstiefeln steckenden Füße gegen den Morast und die Schlingpflanzen auf dem Boden des Teichs zur Wehr setzten, sie erklommen beide die lachhafte Böschung des Teichs auf dem Bauch robbend. Irgendwie schafften sie es zum Parkplatz, wo Heidis Auto stand.

Wenige Stunden später hatte mich meine Mutter in meiner Freiburger Studentenwohnung angerufen, es war zufällig der Vorabend meines Geburtstags. »Ich wäre eben um ein Haar im Schlossteich ertrunken«, sagte sie mit einer dunklen Stimme, die ich vorher nicht bei ihr gekannt hatte. Nach dem Teich-Zwischenfall war mein Vater eine Weile täglich am Ort des Geschehens gewesen und hatte im allmählich schmilzenden Schnee und in den Gräsern am Ufer Gegenstände aus der stets gut gefüllten Handtasche meiner Mutter gefunden, selbst einen Ring, den sie getragen hatte, und ihr Portemonnaie. Nach jedem seiner Ausflüge zum Schlossteich präsentierte er stolz seine Funde.

Mit derselben Beharrlichkeit wie damals ging er auch diesmal vor, auch wenn es jetzt, was das Ausmaß der zu rettenden Güter betraf, doch etwas vollkommen anderes war. Allerdings war der Weg zum Fundort auch nicht so weit. Es erwies sich als hilfreich, dass er über die Jahre in verschiedenen Baumärkten immer auf Vorrat Kunststoff-Container gekauft hatte, in diese Kästen sortierte er jetzt all die Dinge, die nach dem Sturz halbwegs heil geblieben waren. Fast gänzlich zerstört und zersplittert beziehungsweise verbogen war allerdings die große Sonnenbrillen-Kollektion meiner Mutter. Mein Vater dachte darüber nach, ob es sinnvoll wäre, mit einer weißen Plane, die er immer noch in der Garage aufhob, eine Art Zelt über das Sammelsurium zu spannen, entschied sich jedoch dagegen. Das hätte der Szenerie vielleicht doch zu sehr das Aussehen eines Verbrechenstatorts verliehen. Seltsamerweise wurde er bei seinen Arbeiten nicht von meiner Mutter aufgehalten oder behindert, auch wenn ihre Aktion als unmissverständliche Botschaft hätte gelesen werden können, all das Zeugs für immer loswerden zu wollen. Meine Mutter lag mit geöffneten Augen auf dem Bett und schien sich auszuruhen. Auch die Lebensmittellieferungen meines Vaters nahm sie jetzt wieder entgegen.

Erstaunlich ist, wie rasch die Normalität wieder ihr Recht verlangt, nachdem jemand etwas Außergewöhnliches getan hat, wie die Spannung nach dem Höhepunkt sofort fällt. »Es könnte eigentlich nicht viel schlimmer sein«, antwortete mein Vater erschöpft am Telefon, »na ja, es geht natürlich immer noch schlimmer, theoretisch, aber für mein Gefühl reicht es.«

Am nächsten Morgen bestieg ich endlich in aller Frühe den ersten Zug nach Kassel. In Wahrheit hatte ich das HAUS nie wiedersehen wollen.

29

Während ich noch im Zug saß, lag meine Mutter im abgedunkelten Schlafzimmer auf dem Bett, der durch das gekippte Fenster strömende Herbstwind bewegte manchmal die Gardine. Sie fragte sich, ob das Zeitproblem, unter dem sie seit Jahrzehnten immer stärker litt, ein richtiges Krankheitsbild war, und wenn ja, ob es noch viele andere Zeitkranke gab. Und wenn es sie gab, warum sie die anderen nicht träfe, wenigstens hin und wieder. Oder warum sich offenbar niemand zu seiner Zeitkrankheit bekannte, warum die Betroffenen Stillschweigen bewahrten. Niemals war ihr in ihrem Alltag ein offiziell Zeitkranker begegnet, nur in den Büchern, die sie las, kamen sie vor, und dort natürlich zuhauf, um nicht zu sagen, fast ausschließlich.

Es wäre sinnlos gewesen, eine ihrer Bekannten darauf anzusprechen, als sie noch Kontakt zu ihnen hatte, meine Mutter hätte noch nicht einmal gewusst, wie überhaupt die Frage stellen. »Sag mal, wie kommst du eigentlich mit dem Vergehen der Zeit zurecht? Macht es dir auch etwas aus, dass deine Kinder jetzt schon groß sind? Dass du jetzt schon so alt bist? Dass du jetzt so aussiehst, wie du aussiehst?« Sie wusste genau, welches tiefe Befremden, unmittelbar gefolgt vom Ausdruck absoluter Langeweile (noch schlimmer), dann über das Gesicht der anderen flackern würde, bevor sie die Sache abtaten, vielleicht sogar behaupteten, noch nie hätten sie sich in ihrer Haut besser gefühlt, erst jetzt seien sie ganz sie selbst, ganz bei sich, bla, bla. Das Beste komme erst noch, sagten die anderen Frauen, so viel hätten sie vor, sie steckten voller Tatendrang. Zeitproblem? Nie verspürt. Die Zeit spielte offenbar nur eine Rolle, wenn sie die Termine herunterbeteten, zu denen sie angeblich immer mussten, für sie war die Zeit immer nur der Hintergrund. Das Hauptgeschehen aber waren all die gesellschaftlichen Verpflichtungen, ihre absolute soziale Unverzichtbarkeit, die sonderbarerweise immer wieder aufs Neue unter Beweis gestellt werden musste, vielleicht weil sie glaubten, dass sie vor allem anderen gefeit wären, solange nur dieses Gerüst bestünde. Welten entfernt von den Problemen meiner Mutter.

Ihre Zeitkrankheit hatte aber auch nichts zu tun mit diesem pseudodefätistischen, weil sich in seinem Defätismus eigentlich wohlfühlenden Alltagsgerede, mit diesem »Ja, die Zeit vergeht, schon wieder ein Jahr rum, schon wieder Weihnachten, Silvester, Ostern, schlimm, schlimm, die Kinder sind aber groß geworden«-Gequatsche. All das war nur ein bloßes Sich-mit-den-Umständen-Arrangieren. Bei ihr war es tatsächliche Zeitnot, Zeitpanik. Nicht die kopflos machende Angst, die einem geschildert wird, wenn die Rede davon ist, dass jemand unter Panikattacken leidet, das klassische Bild von Symptomen: beschleunigter Puls und Herzschlag, erhöhte Atemfrequenz, Schweißperlen im Gesicht, fahler Teint, einer Ohnmacht nahe sein, vielleicht auch sich die Kleider vom Körper reißen und etwas schreien, sich dabei in seinen Kleidungsstücken verheddern, wegrennen wollen, vielleicht auch der Wunsch, sich mit Alkohol oder Drogen zu betäuben, möglichst tief. Ihre Panik war so mächtig, dass diese schmetterlingshaften Pumpbewegungen und Fluchtversuche durch vorübergehende Gehirnausschaltung lächerlich wirkten, gegen ihre Zeitpanik würde kein Körper ernsthaft kämpfen, jedenfalls nicht mit diesem idiotischen Flattern.

Sie hatte in ihrem Leben nur selten wegen Liebeskummers nachts wach gelegen, was nicht für sie sprach, fand sie, aber ständig wegen ihres Zeitproblems. Warum musste sich das alles mit diesem Affenzahn abspielen, es fiel ihr wirklich kein passenderes Wort ein als dieses, das heute kaum noch jemand benutzte – eine Nachbarin in Weinheim hatte es früher immer zu ihr gesagt, etwa: »Da bin ich mit einem Affenzahn nach Mannheim gefahren.« Warum also dieser verdammte

Affenzahn, diese wahnsinnige Geschwindigkeit, und welches Gehirn sollte das eigentlich aushalten? Und wie hielten die anderen es alle aus? Weil es ja nicht zu ändern war? Sie hatte noch nie verstanden, warum man sich über Dinge, die man nicht ändern konnte, nicht aufregen sollte, wie man es schaffen konnte, nicht fassungslos vor Wut zu sein, als hätte man irgendeine Form der Kontrolle darüber. Folgender Sachverhalt sollte also logisch sein: »Das kann ich ja sowieso nicht ändern, dann rege ich mich also nicht darüber auf, denn es ist ja sinnlos, also tue ich es nicht.« Für sie, die sich nie mit irgendeiner Gegebenheit abfinden konnte, bestand die einzige Logik darin, sich über das Unabänderliche grundsätzlich aufzuregen, und zwar so sehr es nur ging, denn das war doch die einzige Gegenwehr, die einem blieb.

Es fiel ihr eigentlich nur eine Person ein, die sie in diesem Moment verstanden hätte, die am eigenen Leib erfahren und verstanden hatte, was für eine Unmöglichkeit, ja Ungeheuerlichkeit es eigentlich war, sich gleichzeitig einen Reim auf das Leben machen zu müssen, während man es lebte, dass man doch nur scheitern konnte dabei, und dass all die anderen nur jeden denkbaren Hebel in Bewegung setzten, um dieses Scheitern zu verschleiern, vor allem gegenüber sich selbst, nur ihre Schulfreundin Marie hatte das nie getan. Meine Mutter hatte die Gedanken an Marie fast zwei Jahrzehnte lang verdrängt, aber seit Neuestem musste sie immer öfter an sie denken. Marie hatte sich immer und ausschließlich, fast prinzipiell, als hätte sie sich eines Tages bewusst dafür entschieden, in die falschen Männer verliebt, also in die, die sich bloß von Maries Attraktivität und Klugheit geschmeichelt fühlten, aber sie letztendlich nie genug mochten. Nach einer langen Aneinanderreihung von Mesalliancen brachte sich Marie mit Mitte vierzig um, wahrscheinlich aber nicht allein aus unglücklicher Liebe. Einer ihrer Liebhaber war ihr Anfang der Achtzigerjahre von einer bekannten Fernsehschauspielerin »ausgespannt« worden, so hatte es Marie wirklich genannt. Manchmal tauchte diese Schauspielerin immer noch in den biederen deutschen Vorabendserien auf. Meine Mutter nahm dann mit großer Befriedigung und Genugtuung die zahllosen tiefen Falten und inzwischen plumpe Figur der Schauspielerin zur Kenntnis, das war die Rache der Natur dafür, dass sie Maries Leben ruiniert hatte.

Marie hatte auch die Süddeutschland-Obsession meiner Mutter geteilt. Wenn sie ihre Eltern und Geschwister in Kassel besucht habe, hatte Marie mal gesagt, steige sie sonntags immer ins Auto und fahre, fahre, fahre »wie eine Blöde«, genau dafür habe sie ja immer diese schnellen Autos, um sich möglichst rasch wieder zu entfernen, und erst wenn sie in den Dörfern nahe der Autobahn die ersten Kirchen mit Zwiebeltürmen erkennen könne, gehe sie vom Gas und fahre gemächlicher, denn dann wisse sie, dass sie wieder auf sicherem Gebiet, nämlich in Bayern sei, dann erst werde sie wieder ruhig.

Meine Mutter wusste beschämend wenig über die Umstände von Maries Tod, damals, als es geschah, vor fast genau zwanzig Jahren, hatte sie vorgehabt, Maries Mutter wenigstens anzurufen, die Todesanzeige in der Kasseler Zeitung hatte sie übersehen, und ihre eigene Mutter hatte sie zwar bemerkt, sich aber nicht getraut, ihr davon zu erzählen. Erst Wochen später erhielt sie dann von einer anderen früheren Schulkameradin die Nachricht. Tatsächlich hatte meine Mutter Marie etwa fünf Jahre vor ihrem Tod zum letzten Mal gesprochen, sie wusste also kaum noch etwas über sie. Sie wusste von der großen, in ihrer Vorstellung noch viel größeren Kieferorthopädie-Praxis, die Marie in der besten Gegend der Münchner Innenstadt unterhielt, von der Marie fast gleichgültig erzählte, die nichts an der Traurigkeit ändern konnte, die Marie schon als zehnjähriges Mädchen, als sie sich gerade kennengelernt hatten, ausmachte und meine Mutter sofort anzog, und die ihr damals noch tiefer vorgekommen war als ihre eigene. Maries offensichtlicher und greifbarer Erfolg hatte meine Mutter irgendwann aber eingeschüchtert, sodass sie immer seltener telefonierten. Marie glaubte wahrscheinlich, meine Mutter sei nicht mehr interessiert, zu beschäftigt mit ihrer Familie und all dem, was Marie nicht hatte.

Auf Marie und ihre Freundschaft einfach so verzichtet zu haben, was für eine Verrücktheit, ein absoluter Wahnsinn, dachte meine Mutter, während die Gardine sich zart bewegte.

30

Mein Vater wartete bereits auf dem Bahnsteig, als der Zug in Kassel einfuhr, zur Begrüßung lächelte er kurz und schüchtern, das Datum des Umzugs war noch drei Tage entfernt. Fast wortlos gingen wir zum Auto, mein Vater trug meine kleine Reisetasche, auch auf dem Weg vom Bahnhof zu unserem Haus sprachen wir kaum. Und was hätte ich schon sagen können? Auf mein heuchlerisches »Wie geht's euch?«, das verdächtig an das Eingangsgeplänkel eines Arztes erinnerte, der seine Patienten schamlos fragt: »Und, geht's gut?«, um sich das ganz große Lamento der Patienten, die totale Im- und Explosion ihrer Sorgen und Nöte, vom Leib zu halten, verzichtete ich heute. Von außen sah das Haus aus wie immer, sehr weiß lag es zur Hälfte hinter Sträuchern verborgen, die mein Vater vor langer Zeit sclbst gepflanzt hatte und die inzwischen hoch waren wie Bäume. Die Steinplatten um das Haus wirkten frisch gefegt, die Fensterwurf-Aktion war dem Grundstück nicht mehr anzumerken.

Seelisch hatte ich mich auf übermenschliche physische und psychische Anstrengungen eingestellt, die vor meinen Eltern und mir lägen, in meinen Tagträumen gesehen, wie wir gemeinsam mit grobmotorischen Bewegungen Dinge in riesige Behältnisse wuchteten und schaufelten, während uns eine übergroße, bahnhofshallengeeignete Uhr die im Haus verbleibende Zeit anzeigte, unterstützt von akustischen Signalen. Aber in Wirklichkeit dauerte das eigentliche Zusammenpacken gar nicht mehr lange, denn ein gewisser Teil der Dinge war ja tatsächlich zu Bruch gegangen oder unbrauchbar geworden, als meine Mutter sie auf ihre Flugtauglichkeit geprüft hatte. Die Kleider und Bettwäsche hatte mein Vater einfach so in Kisten gesammelt, ohne sie extra zusammenzufalten. Und all die Bücher und die umfangreiche Geschirrausstattung meiner Eltern hatte meine Mutter schon Wochen zuvor akkurat in Kartons verpackt.

An einem Morgen Anfang Oktober verließ ich mit meinen Eltern endgültig das HAUS, die Möbelpacker hatten die Möbel und Kisten in weniger als zwei Stunden eingeladen. Plötzlich fand ich es beleidigend, dass etwas so Komplexes wie unser Haushalt in dieser Geschwindigkeit demontiert werden konnte. Als alles verstaut war, stand ich noch für einen Moment in meinem alten Zimmer, das von meinem Vater zwischenzeitlich als Büro genutzt worden war, in dem also schon länger kaum noch etwas an meine Zeit dort erinnert hatte, und schaute mich um. Sollte ich noch einmal durch den Garten gehen, das Haus noch einmal umrunden, die Terrasse überqueren, die verblühten Rosenstöcke ein letztes Mal ansehen, vielleicht sogar mit meinem Handy ein paar Fotos machen? Nichts davon tat ich. »Gut, dass es vorbei ist mit diesem üblen Haus«, versuchte ich mir selbst vorzusagen, aber es klang nicht überzeugend. Denn was ist eine Unglückssekte schon ohne ihr Unglückshaus, ohne den Ort ihrer Religionsausübung?

Von jedem Hotel an jedem meiner Urlaubsorte habe ich mich pompöser und sorgfältiger verabschiedet als von unserem Haus, mir bewusst noch einmal alles angesehen, mir irgendwelche Details eingeprägt. Nichts davon habe ich an diesem Morgen getan. Als wir durch die Tür gingen, hörte ich meinen Vater noch leise so etwas wie »Noch einen Blick zurück ...« murmeln, ob zu sich selbst oder als Aufforderung an mich und meine Mutter, war nicht leicht zu entscheiden. Wir beide aber schauten bloß geradeaus und stiegen ins Auto. »Fahr doch endlich«, sagte meine Mutter tonlos. Wenn ich heute an unserem alten Haus vorbeikomme, was sehr selten geschieht, denn ich bin fast nie in Kassel, sehe ich nicht hin.

31

Um die neue Wohnung, nur fünf Minuten entfernt, hatte sich bis zum Einzug eigentlich niemand richtig gekümmert, die Gedanken meiner Eltern hatten sich ja bis zuletzt nur mit dem HAUS befasst. Natürlich hatten sie dies und das ausgesucht, Einbauschränke und eine neue Küche bestellt, Kacheln und Armaturen für die Badezimmer, hin und wieder auch den Fortschritt der Arbeiten kontrolliert, aber alles offenbar nur in einer Art mentalen Halbschlafs, an vieles, das sie entschieden oder für gut befunden hatten, konnten sie sich schon kurze Zeit später kaum noch erinnern. Die neue Wohnung im fertigen Zustand war deshalb eine große Überraschung für sie und vielleicht sogar, obwohl von meiner Mutter jahrzehntelang herbeigesehnt, ein Schock.

Noch verzweifelter als vorher aus unserem alten Haus klangen deshalb die Notrufe, die meine Mutter jetzt aus der neuen Wohnung absetzte, nachdem ich Kassel wieder verlassen hatte. Unzumutbar sei die Enge, die geringe Quadratmeterzahl, ohne Vorwarnung von mehr als dreihundert auf hundert Quadratmeter zurückgeschraubt zu werden, das sei viel schwieriger, als man gemeinhin denke, daran müsse man sich erst peu à peu gewöhnen, das sei ja eine bessere Garage, die ihnen dieser Bauträgerverbrecher da angedreht habe, eine Gummizelle, die man auch noch mit Billigparkett ausgelegt habe. Dazu die permanente Präsenz meines wahnsinnigen Vaters, der nichts anderes im Sinn habe, als Räume mit Materie zu füllen, schon wieder alles mit seinem elenden Kleinkram vollzustellen, der damit ein normales Leben a priori schon wieder unmöglich mache. Zum Beispiel besitze er die Stirn, eine zwanzig bis dreißig Jahre alte Porzellan-Gießkanne, die sie immer schon hässlich gefunden habe, genau vor dem Fenster zu postieren, aus dem sie im Moment unseres Telefonats gerade hinaussehe. Man hörte ein kratzendes Geräusch über einer Oberfläche, das heftige Klirren, mit dem ich rechnete, blieb allerdings aus. Im Hintergrund murmelte mein Vater etwas. Ich konnte ihn mir vorstellen, wie er im Glauben an so etwas wie ästhetische Harmonie und eine nicht näher zu definierende Gemütlichkeit kleine Gegenstände, die ihm noch aus dem Haus vertraut waren, in der auch schon wieder vermaledeiten neuen Wohnung verteilte, eine kleine Vase hier, ein anderes Gefäß dort, so wie man eine Puppenstube einrichtet, in der kindlichen Hoffnung, diese Handlungen könnten die Anerkennung meiner Mutter finden.

Mir fielen die Fotos ein, die mein Vater von den menschenleeren Interieurs unserer diversen Häuser geschossen hat. Mein Vater sagte nicht »Foto«, sondern sprach immer von »Aufnahme«. »Ich hole jetzt meinen Fotoapparat und mache eine Aufnahme von euch, nicht weggehen bitte.« Wir gingen natürlich meistens weg, was aber dablieb, waren die Möbel. Auf den Fotos sind alle Lampen angeschaltet, es herrscht eine behagliche Atmosphäre. Die geschmackvollen Zimmer auf den Aufnahmen sind makellos aufgeräumt, es gibt kaum Hinweise auf alltägliche Aktivitäten der Bewohner, genau genommen gibt es keine menschlichen Spuren.

32

Ich habe dieses Schlusskapitel zweimal geschrieben. Beim ersten Mal lebte mein Vater noch.

»So kann es nicht enden, und so endet es auch nicht«, schrieb ich damals und fand, es sei mein gutes Recht. Als Autorin konnte ich meinen Eltern jede glückliche Fügung herbeischreiben, die ich nur wollte. Eine glückliche Fügung, die auch von ihnen als solche wahrgenommen würde, das war das Entscheidende. Es war im Grunde nur eine Frage der Interpretation, dachte ich. Denn es gab doch all diese Momente. Es kam vor, dass mich meine Eltern von unterwegs aus dem Auto anriefen, meistens an einem Wochentag, ich war dann bei der Arbeit, mein Vater saß am Steuer, die Fahrgeräusche ließen auf hohe Geschwindigkeit schließen, die Freisprechanlage war eingeschaltet, mein Vater machte einen seiner Null-Witze, »Wo seid ihr denn?«, fragte ich. »Auf dem Mond, super hier«, sagte mein Vater, und meine Mutter lachte tatsächlich darüber, verzog nicht nur gequält das Gesicht wie sonst, nein, sie lachte, ich konnte es deutlich hören im Hintergrund, sie lachte so, wie sie immer lachte, als wir noch in Weinheim wohnten und an einem ihrer schlechten Tage, die es auch damals immer schon gab, jemand anrief und sie – vielleicht nur mit dem Klang seiner Stimme – von ihren dunklen Gedanken erlöste. Dann sagte meine Mutter »Wir machen uns heute einen schönen Tag«, einen an Banalität nicht zu überbietenden Satz, bei anderen Leuten hätten meine Eltern und ich dafür noch nicht einmal Verachtung übrig, mit diesen Leuten, die sich bloß einen schönen Tag machen wollen, und zwar möglichst lebenslänglich, hatten wir noch nie etwas zu schaffen. Aber aus dem Mund meiner Mutter klang dieser Satz nicht banal, er war sensationell. Als ich aufgelegt hatte, musste ich mich zusammenreißen, um nicht pfeifend über den Flur des Büros zu laufen.

Und es gab natürlich die vielen Reisen. Auslandsreisen waren immer gut. Einmal habe ich mich in Stockholm flüchtig nach meinen Eltern umgedreht und gesehen, wie sie lächelnd Hand in Hand gingen, ich war so verwundert, dass ich den Kopf schüttelte, voll Unglauben, dann aber schnell wieder nach vorn schaute, als stünden meine Eltern gerade unter Hypnose und liefen Gefahr, von mir aufgeweckt zu werden. Eine ähnliche Situation in Paris, ich habe sogar ein Foto als Beweis, meine Eltern einander an den Händen haltend, zwischen meinen Kindern. Von einer geradezu surreal harmonischen New-York-

Reise existiert leider kein gemeinsames Foto meiner Eltern.

Also glaubte ich in der ersten Fassung das Recht zu folgender kitschiger Szene zu haben. Meine Eltern setzen sich gemeinsam ins Auto, sie haben Sehnsucht nach dem Mittelmeer (was oft der Fall war), sie schaffen es dann aber erst einmal nur an einen österreichischen Bergsee (gar nicht abwegig, sie kennen die Gegend um Salzburg gut).

In der letzten Szene platziere ich sie vor einer Kulisse von Naturschönheit, sie sitzen sich gegenüber im Garten einer Gaststätte unter Bäumen, nennen sich bei ihren Vor- bzw. Kosenamen (»Otto«, »Nati«) und attestieren einander, wie gut sie es haben.

Fast ist es mir peinlich. Nein, es **ist** mir peinlich, definitiv.

Besonders in den Wochen vor dem Tod meines Vaters stritten sich meine Eltern so oft, dass ich dachte, eine Scheidung im Alter von fast Mitte siebzig sei zwar irgendwie absurd und sinnlos, aber vielleicht doch nicht zu umgehen. Die Hohepriesterin des Unglücklichseins und ihren stets willigen Gehilfen, man müsste sie vielleicht doch trennen.

Meine Eltern wohnten inzwischen schon seit ein paar Jahren in Berlin, in meinem Viertel, von der neuen Kasseler Wohnung, der »Gummizelle«, hatten sie sich überraschend schnell getrennt, von Berlin aus nannte meine Mutter sie jetzt manchmal »unsere schöne, elegante Kasseler Wohnung«, sie habe so eine Sehnsucht nach ihr, fast perfekt sei sie gewesen. Die nagelneue Wohnung in der Tieckstraße dagegen ..., ich fange lieber nicht davon an.

Fast hätte ich gedacht, es ginge einfach immer so weiter, in einer Art Loop, diese Immobilien-Paranoia, dieses dauernde Lamentieren, dieses Wertschätzen erst im Moment des Abschieds, vorher nur Widerstand und uneingestandene Liebe, das ganze asynchrone Gefühlsleben meiner Mutter und mein Vater, der es ganz normal, fast logisch findet.

Dann ein Donnerstagmorgen im Mai, ungewöhnlich kühl für die Jahreszeit, um kurz vor acht klingelt das Telefon, »Dein Vater kann nicht aufstehen!«, ruft meine Mutter. Noch von zu Hause bestelle ich den Krankenwagen zur Wohnung meiner Eltern und renne los. In der Wohnung meine Mutter im Bademantel, aufgelöst, mein Vater niedergestreckt, aber seltsam gleichmütig. Meine Mutter zieht meinem Vater vorsichtig Socken an, bevor die Sanitäter ihn auf eine Trage legen, sie halten eine starke Magen-Darm-Sache für möglich. »Heute Abend sind Sie wieder zu Hause, Sie werden sehen.« »Wir fahren Sie ins Sankt-Ludwigs-Krankenhaus.« »Oh, das ist gut, das ist ganz in der Nähe der Wohnung meiner Tochter«, sagt mein Vater.

Das Sankt-Ludwigs-Krankenhaus entpuppt sich als Attrappe eines Krankenhauses, zumindest dann, wenn man einen Hinterwandinfarkt hat. Deshalb der Transport zur Charité ins Herzkatheterlabor, diesmal darf ich nicht im Krankenwagen mitfahren. Es sei fast aussichtslos, wird mir in der Charité mitgeteilt, aber ich höre nicht richtig hin. Man wolle meinen Vater ins Deutsche Herzzentrum bringen, Notoperation, eine letzte Chance. Dann der Moment, den ich nicht nur mittendrin erlebe, sondern währenddessen auch von außen sehe, den ich seitdem immer wieder von außen sehe, wenn ich in der Luisenstraße unter der gläsernen Überführung durchfahre, die die beiden Hauptgebäude der Charité verbindet. Auf der einen Seite befindet sich das Herzkatheterlabor, auf der anderen der kleine Parkplatz, wo der Intensivtransport schon wartet. Mein Vater wird von fünf Intensivmedizinern und Sanitätern gleichzeitig geschoben, es sieht aus wie eine Prozession, sie beugen sich die ganze Zeit über ihn, selten habe ich bei fremden Menschen eine so große Zugewandtheit erlebt.

»Hab keine Angst, lieber Papa«, sage ich, bevor die Liege in den Wagen geschoben wird, »ich weiß, es geht dir schlecht und du hast keine Kraft, aber kannst du vielleicht ein bisschen kämpfen? Könntest du es versuchen, bitte?« Mein Vater scheint zu nicken.

»Aber du, du gehst jetzt nach Hause zu Mama, ja?«, als spräche er mit einer Zwölfjährigen. Und er ist in diesem Augenblick kein alter Mann, er ist mein junger Vater. Das sind die letzten Worte, die er bei vollem Bewusstsein zu mir gesagt hat.

Ich bin furchtbar schlecht bei Schlusssätzen. Es ist, was es ist.

DANK

Mein tief empfundener Dank an Frank Vorpahl, Benedikt Gondolf, Esther Kormann
– und natürlich an Mark